VERSTECKT: LINCOLN

EAGLE TACTICAL BUCH DREI

WILLOW FOX

SLOWBURN
PUBLISHING

Versteckt: Lincoln

Eagle Tactical Buch Drei

Willow Fox

Veröffentlicht von Slow Burn Publishing

© 2022

v4

Übersetzt von uragaan

Überarbeitet von Daniel T.

Umschlagdesign von GetCovers

Ich kann ihr nicht sagen, dass sie unter meinem Schutz steht...

Ich habe in der Vergangenheit mit Eagle Tactical als Bodyguard für Prominente, Musiker und sogar Milliardäre gearbeitet. Noch nie hat sich einer von ihnen meinem Schutz entzogen.

Für die kleine Füchsin, die in mein Leben gestürmt ist, bin ich verantwortlich.

Ich wurde angeheuert, um sie zu beschützen... im Geheimen.

Der Studiovertrag ist eindeutig. Ich darf ihr nicht verraten, dass ich ihr persönlicher Bodyguard bin, wenn sie das Set verlässt.

Sie wird die Wahrheit herausfinden und wenn sie es tut, wird sie mich hassen.

Verstecken: Lincoln ist das dritte Buch von Eagle Tactical und enthält einen Helden, den du bereits aus der Serie kennst und liebst, sowie die Geschichte von Ariella und Jaxson, die zu ihrem Happy End führt. Es wird dringend empfohlen, die Reihe in der richtigen Reihenfolge zu lesen.

KAPITEL EINS

LINCOLN

Die Erschöpfung erklärte nicht einmal ansatzweise die Müdigkeit hinter meinem Blick.

Ich ging in das Café der Stadt.

Die Klingel bimmelte an der Tür, als ich eintrat, und der Duft von Kaffeebohnen gab mir die erste Dosis des Morgens wie eine Droge.

Ich brauchte mehr.

„Der Nächste", schnauzte das Mädchen hinter dem Tresen.

Da ich noch keine Tasse Kaffee getrunken hatte, fehlte mir der Ruck, der mich aufweckte. Ich stolperte vorwärts bis zum Tresen. „Hey, Skylar."

Seit wann arbeitet sie hier? Das Letzte, was ich gehört hatte, war, dass sie ihren älteren Bruder in der Stadt besuchte.

Wahrscheinlich wollte sie nicht so schnell wieder nach Hause gehen.

„Was kann ich dir bringen?", fragte sie.

Sie stand hinter dem Tresen und trug eine braune Schürze und einen passenden Hut.

Während ich mich müde fühlte, wurden ihre Augen weicher und ihre Lippenwinkel zogen sich nach oben, als sie mich zu erkennen schien.

„Hey, Lincoln, richtig?"

„Ja", sagte ich, während mein Blick hinter ihr über die Kreidetafel mit der Liste der verfügbaren Getränke und Spezialitäten glitt.

Der Besitzer wechselte gerne die Getränke, und es gab nie einen einfachen schwarzen Kaffee auf der Karte.

„Was empfiehlst du?" Eine Entscheidung zu treffen, war um diese Uhrzeit zu anstrengend.

„Brüh deinen Kaffee zu Hause auf", sagte Skylar. „Der Kaffee hier ist viel zu teuer, aber sag meinem Chef nicht, dass ich das gesagt habe, sonst werde ich gefeuert."

Ich schnaubte leise vor mich hin. „Zur Kenntnis genommen. Ich nehme das, was stark und schwarz ist."

Zu dieser frühen Stunde hatte ich keine Lust auf Zucker.

Die Sonne war noch nicht einmal aufgegangen, obwohl ich eigentlich im Bett sein sollte, hatte ich noch eine Stunde Zeit, bis ich normalerweise aufstehe.

Ich konnte nicht schlafen, und durch die Schießerei im Restaurant war meine Kaffeemaschine kaputtgegangen.

Selbst an einem Sonntagmorgen, an dem ich mich eigentlich hätte entspannen können, und den Tag freinehmen, konnte ich nicht schlafen.

Normalerweise macht mir Stress nichts aus, aber nachdem zwei Gangster das Restaurant zerstört hatten, war ich in höchster Alarmbereitschaft und sofort einsatzbereit. Das lag an meiner Zeit beim Militär, die mich dazu zwang, sofort auf den Beinen zu sein.

Skylar tippte auf der Kasse herum, bevor ich meine Kreditkarte in den Chipleser steckte, um zu bezahlen.

Eine Blondine mit einer riesigen Sonnenbrille trat vor, wie Frauen sie tragen, um ein blaues Auge zu verbergen oder um ihre Identität zu verschleiern. Beides schien plausibel.

„Entschuldigen Sie", sagte sie. „Ich habe vor zehn Minuten einen Kaffee bestellt."

„Es sind schon fünf", sagte Skylar, und dein Getränk steht auf dem Tresen und wartet darauf, dass du es abholst.

„Du hast meinen Namen nicht genannt", sagte die Frau mit der Sonnenbrille.

„Heather."

„Ich heiße Harper", korrigierte sie Skylar.

Skylar trat an die Seite, wo das Getränk auf dem Tresen stand und darauf wartete, abgeholt zu werden. „Das ist das Gleiche. Willst du nun deinen Kaffee oder nicht?"

Ein anderer Barista kümmerte sich um mein Getränk, während Harper mit vor der Brust verschränkten Armen dastand.

„Du musst mir noch einen Milchkaffee machen", sagte Harper. Sie breitete ihre Arme lange genug aus, um ihre Sonnenbrille wieder nach oben zu schieben, die ihr langsam ins Gesicht rutschte.

„Ich muss gar nichts tun, Ma'am", sagte Skylar. Sie drehte sich um und wandte sich der Kasse zu. „Der Nächste!"

Die Barista, die meinen Kaffee zubereitete, kam mit der kochend heißen Flüssigkeit herüber und legte einen Deckel auf die Tasse. „Lincoln."

Harper schnappte sich den Kaffee, bevor ich ihn in die Hand nehmen konnte. „Ich werde zu spät kommen."

Sie stahl mein Getränk, stürmte aus dem Laden und eilte zu ihrem Auto.

„Ich hoffe, sie mag ihn schwarz", murmelte ich vor mich hin—was für ein perfekter Start in den Morgen.

Ich hätte im Bett bleiben sollen.

———

Ich holte Mittagessen und fuhr zu Masons Haus, um nach ihm zu sehen. Es war schon ein paar Wochen her, dass er von der Mafia angeschossen wurde, als er seine Highschool-Liebe Hazel Agron beschützte.

Als ich bei ihm zu Hause ankam, stürzte Hazel auf mich zu, noch bevor ich die Hand an die Tür heben konnte. Sie war schneller als ihr Hund Bear, den sie nach dem Tod von Masons Onkel adoptiert hatten.

Hazel riss die Tür auf und umarmte mich. „Danke, dass du gekommen bist", flüsterte sie mir ins Ohr.

„Klar doch. Ich habe Mittagessen mitgebracht", sagte ich und hob die Tüte mit dem chinesischen Essen zum Mitnehmen hoch, um zu zeigen, was ich mitgebracht hatte.

Hazel führte mich in Masons Haus und schloss die Tür.

Ich reichte ihr die Tüte mit dem Essen, während ich meinen Mantel und meine Stiefel ablegte.

„Das riecht gut", sagte Mason mit einem Brummen, als er sich vom Sofa erhob. „Was hast du mitgebracht?"

„Orangen-Rindfleisch, Sesam-Hühnchen, süßsaure Shrimps, Mongolei-Rindfleisch und ein paar Vorspeisen. Ich war mir nicht sicher, was jeder wollte, also habe ich versucht, eine Auswahl zu treffen", sagte ich.

Ich wollte nicht mit leeren Händen kommen, und Hazel war damit beschäftigt, sich um Mason zu kümmern. Sie hatte ein Essen verdient, das sie nicht selbst kochen musste.

„Ich bin am Verhungern", sagte Mason.

Er schlenderte langsam auf den Tisch zu, die Verletzung von zwei Kugeln machte ihm zu schaffen.

„Wie läuft es mit den Reparaturen im Restaurant?", fragte Mason.

Hazel enthüllte den Inhalt der braunen Papiertüte mit dem gesamten Geschirr, während ich in den Schubladen nach Besteck kramte. Auf dem Tisch standen bereits Pappteller und Essstäbchen zusammen mit Plastikgeschirr für das Essen.

„Langsam und praktisch nicht existent", sagte ich. „Kann ich dir etwas zu trinken holen?"

Ich hatte Mason in den vergangenen Jahren oft genug besucht, um mir nicht nur die Gegebenheiten einzuprägen, sondern auch, wo er alles in den Schränken aufbewahrt.

„Wasser ist gut."

Ich holte drei Gläser aus dem Schrank und füllte jedes mit Wasser. „Wie geht es dir?", fragte ich und drehte mich zu Mason um, behielt aber die Gläser im Auge, damit ich keine Sauerei machte.

„Müde, erschöpft, ich fühle mich, als hätte man mich zweimal angeschossen." Mason lachte und setzte sich mit einer Ruppigkeit hin, die ich in der Vergangenheit noch nie in seinem Gesicht gesehen hatte.

Er zuckte zusammen und versuchte, sein offensichtliches Unbehagen zu verbergen. „Ich fühle mich schon besser und kann es kaum erwarten, wieder an die Arbeit zu gehen."

„Bist du bereit, mich aus dem Eagle Tactical zu werfen?", fragte ich und scherzte ein wenig mit ihm. Jaxson, einer unserer anderen Brüder aus der Spezialeinheit, bestand immer wieder darauf, dass ich mich den Jungs anschließe. Wir waren alle Militärbrüder und hatten zusammen gedient.

Gelegentlich hatte ich ihnen geholfen, wenn sie für einen Fall oder einen Einsatz ein paar zusätzliche Hände brauchten.

„Nein, du bleibst. Ich will nur wieder mit dir zum Einsatz gehen."

Die Wahrheit war, dass ich das Restaurant liebte, für dessen Erfolg ich hart gearbeitet hatte, aber es würde noch ein paar Monate dauern, bis ich wieder dort arbeiten konnte.

Das Restaurant benötigte eine Menge Reparaturen. Der Speisesaal war von Dutzenden Kugeln zerstört worden, die im Inneren niedergegangen waren. Ich hatte einen Versicherungsvertreter, der sich um die Reparaturen kümmerte, aber das würde einige Zeit dauern.

Ich brachte zwei Gläser Wasser für Hazel und Mason an den Tisch. Ich füllte das dritte Glas, stellte es an meinem Teller ab und setzte mich an den Küchentisch.

„Es siehst so aus, als würde es dir besser gehen", sagte ich. Der Schuss benötigte Zeit, um zu heilen, und um die Beweglichkeit wiederzuerlangen eine gute Physiotherapie.

Hazel war ruhig, während sie das Mittagessen auf ihrem Teller verteilte.

Mason brummte.„Ich bin bereit, aus diesem Haus zu verschwinden. Nichts für ungut, Hazel", sagte er und sah sie an. „Du hast dich wunderbar um mich gekümmert. Ich bin es nur nicht gewohnt, dass sich jemand um mich kümmert."

Hazel lächelte und tätschelte seinen guten Arm. „Das ist nicht böse gemeint und ich verstehe das. Ich würde gerne etwas trinken gehen und mich unterhalten."

Er war schon immer unabhängig, auch bei den Frauen. Ich konnte mich nicht daran erinnern, dass Mason jemals eine Freundin hatte, die bei ihm wohnte. Er hielt seine Beziehungen ziemlich geheim, obwohl ich gesehen hatte, wie er ein- oder zweimal eine Frau aus der Bar mit nach Hause nahm.

„Das sollten wir heute Abend machen", sagte Mason.

„Du sollst nicht trinken", erinnerte Hazel ihn.

Er grummelte vor sich hin.

„Sie hat recht", sagte ich, um Hazel zu verteidigen. „Wir wollen alle nur das Beste für dich. Wenn du Schmerztabletten nimmst, kannst du nicht trinken."

Ich nahm einen Schluck Wasser und stellte das Glas zurück auf den Holztisch. „Wenn du heute Abend für eine Stunde rauskommen willst, kann ich dich wieder nach Hause fahren."

Die Bar war nicht weit von Masons Wohnung entfernt. Für ihn wäre es zu weit, nach seinen Verletzungen zu Fuß zu gehen, aber ich würde ihn wieder zu Hause absetzen, wenn er die Jungs für eine Stunde sehen wollte.

Wenn es länger dauert, habe ich Angst, dass er es übertreibt und sich überanstrengt. Mason war nicht gut darin, um Hilfe zu bitten.

Mason nahm einen Bissen von seinem Mittagessen, sein Blick war auf das Essen vor ihm gerichtet.

Ich konnte nicht sagen, ob er sich über meinen Vorschlag freute oder ob er mich bitten wollte zu gehen.

„Eine Stunde ist besser als nichts."

„Wie wäre es, wenn wir uns alle nach dem Essen treffen, aber ein wenig früher?", fragte Hazel. „Dann ist die Bar nicht so überfüllt."

Ihr Blick begegnete meinem und sie musste mir den wahren Grund, warum sie sich früher treffen wollte, nicht sagen.

Ich ahnte es bereits.

Mason würde später am Abend zu erschöpft sein.

Er hatte dunkle Ringe unter seinen Augen. Seine Haare waren unordentlich, aber das lag wahrscheinlich eher daran, dass er heute noch nicht geduscht hatte.

„Das klingt gut und ich bin sicher, dass die anderen auch damit einverstanden sind. Ich schreibe ihnen eine SMS und sage ihnen, dass wir uns heute Abend um sieben in der Bar treffen", sagte ich.

Ich aß den Rest meines Mittagessens auf.

Mason sah müde aus, und ich wollte nicht, dass er das Gefühl hatte, mich unterhalten oder sich wach halten zu müssen.

„Mach ein Nickerchen. Ich sehe dich heute Abend", sagte ich. Ich half Hazel, den Rest des Essens in den Kühlschrank zu stellen.

Mason verschwand den Flur hinunter in seinem Zimmer, um sich auszuruhen.

„Wie ist es dir ergangen?", fragte ich mit leiser Stimme.

Ich wollte Mason nicht stören oder ihn unser Gespräch belauschen lassen.

„Es war eine Menge los", sagte Hazel, den Blick auf den Küchentisch gerichtet, während sie die schmutzigen Pappteller in den Mülleimer warf.

Ich schnappte mir das wenige Besteck und die Gläser und brachte sie zur Spüle, um sie zu reinigen.

Ich wollte ihr kein Chaos hinterlassen, um das sie sich kümmern musste. Sie hatte schon genug damit zu tun, sich um Mason zu kümmern.

„Er weiß deine Hilfe und deine Anwesenheit zu schätzen, ob er es dir nun sagt oder nicht", sagte ich.

„Ich weiß", sagte Hazel. Sie wischte den Tisch ab.

Ich stand vor der Spüle und wartete darauf, dass das Wasser heiß wurde, bevor ich die Spüle füllte, um das Geschirr vom Mittagessen und einige Reste vom Frühstück abzuwaschen.

„Du musst nicht abwaschen."

„Ich weiß", sagte ich. Ich rührte mich nicht von der Stelle vor dem Waschbecken. Als das Wasser warm wurde, verschloss ich den Abfluss und füllte das Waschbecken mit Wasser.

Hazel deutete unter das Waschbecken. „Spülmittel ist da unten."

„Danke." Ich wusste bereits, wo Mason die Seife aufbewahrte. Ich öffnete den Schrank und holte die Flüssigkeit heraus. Ich drückte ein paar Tropfen in die Spüle. Als das Wasser einlief, bildeten sich Blasen und Schaum. „Wie läuft es zwischen dir und Mason?"

„Gut." Hazels Augen weiteten sich, als sie zu mir aufblickte. „Warum? Hat er etwas gesagt?"

Sie runzelte ihre Stirn und sie schlurfte mit den Füßen, während sie in der Küche stand und sich bei meiner Frage unwohl fühlte.

Ich wollte sie nicht beleidigen oder ein Drama zwischen den beiden auslösen. „Nein, ich weiß nur, dass der Umzug in eine neue Stadt eine Herausforderung sein kann. Du kennst niemanden und musst dich um Mason kümmern, dass ist wahrscheinlich eine Menge, mit der du allein fertig werden musst.

„Bist du Psychologe?", fragte Hazel. Sie verschränkte die Arme vor der Brust.

„Nein, ich bin es nur gewohnt, ein offenes Ohr für viele Jungs zu haben. Mason hat oft von dir gesprochen."

Vielleicht hätte ich gar nichts sagen sollen, aber es fiel mir schwer, die offensichtliche Tatsache zu ignorieren, dass sie sich beide sehr mochten.

Zumindest wusste ich, dass Mason Hazel mochte. Ich wollte nicht, dass sie ihn wegstößt, wenn er endlich wieder auf sich selbst aufpassen kann.

„Hat er das?" Ihre Stimme blieb ihr im Hals stecken. „Worüber?" Sie lehnte sich an den Küchentisch und sah mich immerzu an, während ich das Geschirr von Hand abwusch.

„Er verglich die Mädchen, mit denen er ausging, immer mit dir. Er redete davon, wie jung und dumm er war und dass er dich auf die Schule hatte gehen lassen."

„Ich war nie auf dem College."

„Oh." Ich wusste nicht, was ich dazu sagen sollte.

Sie war das Mädchen, mit dem er aufs Internat gegangen war und mit dem er jedes Mädchen danach verglichen hatte. Während die meisten Jungs nicht so offen über ihre Vergangenheit sprachen, bereute Mason, dass er sie gehen ließ.

„Das sollte ich eigentlich", sagte Hazel, „aber das ist eine lange Geschichte und ich würde lieber das Thema wechseln."

„Klar."

„Mason ist ein guter Kerl. Es ist nur im Moment sehr anstrengend, sich um ihn zu kümmern und ihm alles angenehm zu machen. Ich will dir gar nicht sagen, wie schwierig es ist, ihn unter die Dusche zu bekommen."

Ich gluckste leise vor mich hin. „Mason ist ein großer Kerl." Er war doppelt so groß wie Hazel. „Du willst doch nicht, dass ich ihn bade, oder?"

Hazel grinste. „Würdest du?"

„Nein." Ich nahm an, dass sie einen Scherz gemacht hatte, aber ich wollte kein Risiko eingehen.

Es gab Grenzen, die wir nicht überschritten haben.

Sie rümpfte die Nase und lachte. „Verdammt. Es war einen Versuch wert."

Ich spülte das letzte Geschirr ab und stellte es auf den Trockenständer, wo es bis zum Rand gestapelt war. „Benötigst du sonst noch Hilfe von mir? Abgesehen vom Baden deines Freundes?"

Hazel schüttelte den Kopf. „Ich mache das schon. Ich räume das Haus auf, während Mason schläft. Ich freue mich schon darauf, heute Abend auszugehen. Nimm es mir nicht übel, wenn ich mich betrinke."

„Solange du nicht nach Hause fährst."

Ihre Augen leuchteten vor Freude, etwas, das ich in der ganzen Zeit, in der ich zum Mittagessen hier war, nicht gesehen hatte.

Der Gedanke, etwas zu unternehmen, schien ihre Stimmung zu verbessern. Hoffentlich würde das auch Mason helfen.

————

Ich kam früh an der Bar an, um sicherzugehen, dass ich einen bequemen Platz für uns alle ergattern konnte.

In der Ecke der Bar gab es einen Tisch, an dem unsere Gruppe problemlos Platz finden konnte.

Ich beanspruchte ihn für mich, bevor es jemand anderes tat, obwohl ich ein Bier wollte, wartete ich mit der Bestellung an der Bar, bis einer der anderen Jungs kam und sich an unseren Tisch setzen konnte.

„Jaxson!" Ich winkte ihm zu, als er die Bar betrat und sich nach jemanden von uns umschaute.

„Wo ist Ariella?", fragte ich ihn, als er sich an den Tisch mir gegenüber setzte.

Seine Augen verengten sich.

„Was? Es sind doch nur wir beide hier." Ich wusste bereits, dass sie miteinander schliefen, aber der Rest des Büros sollte es nicht wissen.

Er war ihr Chef.

Genau genommen war das gesamte Team von uns Ariellas Chef, aber Jaxson schlief mit ihr.

Sie lebten zusammen, aber das lag nicht nur daran, dass sie ein Verhältnis hatten. Seit dem ihr Haus vor Monaten abgebrannt war wohnten sie zusammen.

„Ich weiß es nicht. Ariella wird bald hier sein." Jaxson stützte seine Hände auf den Holztisch. „Wir dachten, es wäre eine gute Idee, getrennt aufzutauchen."

„Alles in Ordnung im Paradies?"

Ich hatte kein Drama bemerkt, aber sie waren gut darin, ihre Beziehung geheim zu halten.

Das war ironisch, denn Jaxson war in der kurzen Zeit, in der sie zusammengearbeitet hatten, gereizt und jähzornig gewesen, bevor sie ins Bett gegangen waren.

Sie machte ihn glücklich, und wenn die anderen Jungs das nicht sehen konnten, waren sie blind.

Jaxson nickte in Richtung Tür, durch die Declan kam, zusammen mit Mason und Hazel, die ihm folgten.

Ich erhob mich vom Tisch. „Ich hole uns Getränke", sagte ich.

Die Bar hatte sich bereits gefüllt, und die Gäste warteten auf ihre Drinks. Ich lehnte mich mit verschränkten Armen an die Theke und wartete, bis ich an der Reihe war.

Eine leise Stimme räusperte sich neben mir, als sie an die Bar eilte und sich auf den leeren Hocker setzte.

Die Kaffeediebin.

Ich winkte den Barkeeper zu mir heran, aber er kam noch nicht um meine Bestellung aufzunehmen.

„Du", sagte ich und richtete meinen Blick auf das Mädchen, das mir heute Morgen meinen heißen Kaffee weggeschnappt und mich mürrisch zurückgelassen hatte.

Sie lachte leise vor sich hin und wich meinem Blick aus. Ihr langes Haar verdeckte einen Teil ihres Gesichts und verbarg es vor mir.

War das Absicht?

Der Barkeeper kam zu mir herüber. „Was kann ich dir bringen?", fragte er.

„Lass mich dir einen Drink ausgeben", sagte Harper und drehte sich auf dem Barhocker zu mir um.

Ich wollte ihr die lange Haarsträhne aus den Augen und hinter ihr Ohr schieben, aber ich behielt meine Hände bei mir. „Ich nehme ein Bier", sagte ich zum Barkeeper. „Was gerade im Angebot ist."

Während ich an die Bar gekommen war, um Getränke für den Tisch zu bestellen, interessierte ich mich für das geheimnisvolle neue Mädchen, das in Breckenridge aufgetaucht war.

War sie hier im Urlaub, wie alle anderen, die nicht in der Kleinstadt wohnten?

Harper holte ihre Kreditkarte aus dem Portemonnaie und schob sie über den Tresen der Bar zum Barkeeper. „Das geht auf mich. Ich nehme einen Screwdriver."

Der Barkeeper schenkte zuerst mein Bier ein und machte sich dann daran, Harper einen Screwdriver zu machen.

Ich war zwar nicht der Typ, der eine Frau meine Drinks bezahlen oder mich zum Essen einladen lässt, aber Harper war mir an diesem Morgen auf die Nerven gegangen.

Das Mindeste, was sie tun konnte, war, sich zu entschuldigen, und da das nicht möglich war, begnügte ich mich mit einem Bier vom Fass.

„Danke", sagte ich zu ihr und nippte an meinem Bier. Der Barhocker neben Harper war leer.

Ich blickte zurück zu meinen Freunden. Sie gaben mir einen Daumen nach oben, als sie bemerkten, dass ich mit Harper sprach.

„Das ist das Mindeste, was ich nach dem heutigen Morgen tun kann", sagte Harper. „Ich bin gefährlich, bevor ich meinen Kaffee getrunken habe."

Ich setzte mich auf den Hocker und drehte mich zu ihr um. „Du und ich."

Sie war nicht die Einzige, die sich in Gefahr befand, aber ich hielt mich zurück.

Sie musste nicht wissen, wie ich lebe, wer ich bin und was ich beruflich mache. Ausnahmsweise gefiel mir der geheimnisvolle Faktor.

Harper wusste nichts über mich und dabei wollte ich es auch belassen.

Der Barkeeper reichte Harper ihren Screwdriver und sie nippte an der orangefarbenen Flüssigkeit, wobei ihre Augen bei jedem Schluck zuckten.

War sie es nicht gewohnt, dass das Getränk stark ist? Sie hatte Wodka mit Orangensaft bestellt.

„Was machst du in Breckenridge?", fragte ich.

Die meisten Touristen kamen im Winter zum Skifahren und Snowboarden in den Ferienort. Im Sommer locken Wassersportarten wie Rafting und Kajakfahren, aber im Frühling ist es bei den Neuankömmlingen meist ruhig und gelassen.

„Ich bin hier, um die Stadt aufzumischen."

KAPITEL ZWEI

HARPER

Ich hatte gesehen, wie er die Bar betrat, der gut aussehende Mann, dessen Kaffee ich am Morgen im Café gestohlen hatte.

Ich konnte die Wut nicht unterdrücken, die durch meine Adern rauschte, während ich auf meinen Koffeinschub wartete.

Nicht nur, dass das Mädchen an der Kasse unhöflich war und mir zu viel berechnet hatte, sie hatte sich auch noch in meinem Namen geirrt.

Dann war er hereingestürmt und hatte sie angelächelt. Ein Blick, und sie war Wachs in seinen Augen.

Waren sie ein Paar?

Ekelhaft.

Ich wollte kotzen. Außerdem wollte ich unbedingt meinen Kaffee.

Der Barista war schon dabei, das verdammte Gebräu zuzubereiten, das er bestellt hatte, aber mein Kaffee war nirgends zu sehen, und man hatte nicht meinen Namen gerufen, um mir zu sagen, dass er fertig war.

Ich bin eine verwöhnte Göre und hatte ihm den heißen Kaffee weggeschnappt. Das hatte ich schon dutzende Male auf dem Studiogelände gemacht, aber das hier war kein Filmstudio. Ich war dumm und unhöflich gewesen.

Der Kaffee war furchtbar, bitter und schwarz. Ich hatte ihn verdient.

Ich hatte den Tag in meinem Motelzimmer verbracht.

Ich hatte kein Zimmer in dem Resort gemietet, wo ich gelesen hatte, dass die Unterkünfte viel luxuriöser waren.

Mein Agent hat mich in dem Drecksloch untergebracht, damit mich niemand erkennen würde.

Das war ätzend.

Mein Tag war an diesem Morgen schon schlecht, weil ich keinen Kaffee getrunken hatte, und er wurde noch schlimmer, als ich herausfand, dass die Studiobosse einen privaten Sicherheitsdienst engagiert hatten, um mich aus Schwierigkeiten herauszuhalten.

Ich mochte Ärger.

Zumindest schrieben das die Boulevardzeitungen.

Ich hatte mir einen Ruf als die Füchsin gemacht. Das war nicht schwer gewesen, und mein Agent hatte mir gesagt, dass keine Publicity eine schlechte Publicity sei.

War das so?

Ich hatte ein paar neue Filmrollen bekommen und wurde in allen Unterhaltungsshows und Magazinen regelmäßig erwähnt.

Ich war das Mädchen, vor dem dich deine Mutter gewarnt hatte. Die, die dir deinen Freund ausgespannt und mit einem Mann geschlafen hat, nur um mit ihm zu spielen.

Aber das war nicht mein wahres Ich.

Ich konnte die Anzahl der Männer, mit denen ich in meinem Leben geschlafen hatte, immer noch an einer Hand abzählen.

Ich war schüchtern, introvertiert und hasste es, allein zu sein.

Der Rest war Schauspielerei. Es war gut, dass ich Schauspielerin war, und zwar eine verdammt gute.

Ich hatte der Welt etwas vorgemacht, und später hatte ich mir selbst vorgemacht, dass ich glücklich war.

Ich saß an einem einsamen Tisch und trank einen Wodka mit Orangensaft - einen Screwdriver.

Ich wollte hart wirken. Ich konnte nichts Mädchenhaftes trinken, auch wenn ich das lieber getan hätte.

Jeden Moment könnte mich jemand erkennen und ein Foto von Harper Madison machen. Wenige Minuten später würde es in allen sozialen Medien zu sehen sein. Ich musste vorsichtig sein.

Als ich sah, wie er zielstrebig in die Bar kam, er ging hinüber und setzte sich an den Tisch in der Ecke, den größten Tisch, den es gab.

Ich konnte nicht anders, als ihn wie gebannt anstarren.

Ich wollte zu ihm hinübergehen, ein Gespräch beginnen und mich dafür entschuldigen, dass ich mich heute Morgen wie eine Göre benommen hatte, aber ich konnte mich nicht von meiner Position wegbewegen.

Sein Name war Lincoln. Zumindest stand das auf seiner Kaffeetasse, es sei denn, das Mädchen hatte sich auch bei seinem Namen geirrt?

Seine Freunde tauchten auf und schließlich ging er an die Bar, um etwas zu trinken. Das war meine Chance, mit ihm zu reden, was mich zu einem schlechten Witz und der Sorge führte, dass er mich verhaften lassen könnte.

Er war höflich und ich hatte seine Aufmerksamkeit verdient, nachdem ich ihm ein Bier spendiert hatte. Das war das Mindeste, was ich tun konnte, obwohl ich mich für mein Verhalten an diesem Morgen hätte entschuldigen müssen, fiel es mir zu schwer, die Worte auszusprechen.

„Was machst du in Breckenridge?", fragte er.

„Ich bin hier, um die Stadt in die Luft zu jagen." Das war ein Scherz. Ein lahmer Witz, denn ich war gekommen, um bei den Dreharbeiten zu einem Film zu helfen.

„Wie bitte?", fragte Lincoln mit großen Augen und offenem Mund.

Mein Witz, dass ich hier bin, um die Stadt in die Luft zu jagen, kam nicht gut an.

Er stellte seinen Drink energisch auf den Tresen.

„Es war ein Scherz."

Er packte mich am Handgelenk und zog mich vom Hocker. Seine Augen huschten über meinen Körper und jagten mir einen Schauer über den Rücken.

Hatte er mich erkannt?

Ich hatte mich nicht verkleidet, aber die Bar war schwach beleuchtet, und dies war eine kleine Stadt.

„Muss ich den Sheriff anrufen?", fragte Lincoln. Sein Griff lockerte sich nicht von meinem Handgelenk.

Schnell könnte er mir beide Arme hinter den Rücken ziehen und mich festhalten.

Wollte er das wirklich tun?

Ein kleiner Teil von mir wollte das von ihm, seine Dominanz.

Er war ein gut aussehender Kerl und seine besonnene Art jagte mir einen Schauer über den Rücken und ließ mich warm und prickelnd werden.

„Es war ein Scherz", wiederholte ich und zuckte mit dem Arm, um mich aus seiner Umklammerung zu befreien. „Würdest du mich gehen lassen?"

Seine Augen waren durchdringend und schmal, sein Kiefer angespannt. War es das, was ihn wütend machte?

Ich wollte seinen Zorn nicht erleben, wenn er wütend war.

„Es ist nicht witzig, unsere Stadt zu bedrohen", sagte Lincoln.

Er löste seine Hand von meinem Handgelenk und ich zog meinen Arm eilig weg. Ich rieb mein Handgelenk an der Stelle, wo seine Hand mich festgehalten hatte, aber da war kein Abdruck.

„Warum bist du wirklich hier, Harper? Ist das überhaupt dein richtiger Name?"

Ich atmete schwer durch die Nase aus und starrte auf mein Handgelenk. Ich war überrascht, dass ich keinen blauen Fleck, keine rote Stelle oder einen anderen Beweis dafür hatte, dass er mich berührt hatte. „Ja. Nein." Ich konnte seinen festen Griff immer noch spüren, obwohl seine Hände nicht mehr in der Nähe seines Körpers waren.

„Was ist es?"

„Das ist kompliziert", sagte ich.

Harper war mein Künstlername, der Name, unter dem mich alle kannten, aber es war nicht der Name, den ich bei meiner Geburt bekommen hatte. Ich hatte nicht viele Freunde und die wenigen Leute, die mich kannten, nannten mich Harper, weil sie mich erst kennengelernt hatten, nachdem ich mir einen Namen gemacht hatte. Abgesehen von den wenigen Leuten wie meinen Agenten und den Studiomanagern, die mich nannten, wie sie wollten und wann sie wollten.

Seine Augen wurden weicher. „Wie soll ich dich nennen?", fragte er. Seine Worte waren ruhig und sanft, und sein Tonfall wirkte aufrichtig, als würde er sich um mich sorgen.

Erkannte er mich nicht als Harper Madison?

Vielleicht sah er sich keine Frauenfilme an. Vielleicht hatte er mich vor heute Morgen im Café noch nie gesehen.

„Harper geht es gut." Ich konnte nicht verbergen, wer ich war, auch wenn ich es gerne versucht hätte.

Ein Teil von mir wollte sich verstecken, fliehen und niemanden von meiner Vergangenheit wissen lassen.

Das Filmen in einer Kleinstadt hatte seine Vorteile, aber ich war mir nicht sicher, ob ich für das Leben dort geeignet war.

Ich war mir ziemlich sicher, dass ich nicht bereit war, mich in einer Stadt mit weniger als tausend Einwohnern niederzulassen. In dem Studio, in dem wir in Los Angeles drehten, arbeiteten mehr Leute am Set als in Breckenridge.

„Du bist Lincoln, richtig?", fragte ich.

Seine Lippen verzogen sich zu einem schwachen Lächeln. „Ja, das bin ich." Er nippte an seinem Bier.

„Können wir noch einmal von vorn anfangen?", fragte ich und streckte meine Hand aus, um mich vorzustellen. „Ich bin Harper."

„Lincoln", sagte er und schüttelte lachend meine Hand. Er neigte seinen Kopf leicht zur Seite und starrte mich an. „Du hast noch nicht geantwortet, warum du in der Stadt bist."

„Oh, richtig!" Ich lachte leise vor mich hin. Ich schätze, so leicht komme ich da nicht wieder raus. „Ich bin hier, um etwas Kleines für das Studio zu filmen."

Das war eine kleine Notlüge.

Ich war zwar hier, um einen Film für das Studio zu drehen, aber er war weder klein noch unbedeutend. Allein das Budget war wahrscheinlich größer als die Stadt wert ist.

Lincoln trank sein Bier aus und winkte den Barkeeper herüber, um einen Zweites zu bestellen.

Wider besseres Wissen bestellte ich einen zweiten Screwdriver.

Die Drinks waren stark, aber ich wollte nicht, dass die Nacht endet. Es war noch früh, und der gut aussehende Fremde, Lincoln, hatte mir seine volle, ungeteilte Aufmerksamkeit geschenkt, und das nicht wegen meines Prominentenstatus.

„Ich nehme auch noch eins", sagte ich.

Lincoln zückte seine Kreditkarte. „Sie gehen auf mich", sagte er zum Barkeeper und reichte ihm seine Kreditkarte. „Mach eine Rechnung auf."

„Bist du hier, um einen Werbespot zu drehen oder so?", fragte Lincoln. Seine Finger trommelten auf den Tresen, während er mir gegenübersaß.

Unsere Knie berührten sich und mein Körper kribbelte bei dem Gedanken, wie er unbekleidet aussah. „So ähnlich", sagte ich.

Lincoln war zwar gut aussehend, aber nicht mein üblicher Typ. Er war stark, muskulös und sah mit seinem dichten Bart und seiner Outdoor-Kleidung ein wenig wie ein Holzfäller aus.

Ich hatte mich noch nie mit einem Holzfäller getroffen.

Der Barkeeper brachte uns beiden unsere Getränke und stellte sie auf den Tresen.

Ich beugte mich vor und griff zur gleichen Zeit wie Lincoln nach meinem Drink und atmete seinen männlichen Duft ein.

Ich schloss kurz die Augen, als sich die Bar um einige Grad wärmer anfühlte.

War mein Gesicht errötet?

Konnte er meine Anziehungskraft spüren? Ich kannte ihn kaum.

Was war nur in mich gefahren?

Ich trank nicht so oft, denn ich war eine Feder, wenn es um Alkohol ging.

Zweifellos konnte ich leicht auf die Schnauze fallen, aber das war die Folge davon, dass ich bei den Dreharbeiten auf alles achtete, was ich aß. Mein Agent hatte mich streng und direkt daran erinnert, Kalorien zu zählen, denn die Kamera war unerbittlich.

Ich nippte an meinem Getränk und wich seinem intensiven Blick aus.

„Wir müssen nicht über die Arbeit reden", sagte Lincoln.

Ich atmete erleichtert auf. Das ist gut.

Woher kommst du? New York, Los Angeles, oder aus einem anderen Ort?"

„Gleich außerhalb von L.A.", sagte ich. „Hast du dein ganzes Leben hier verbracht? Wohnst du in einer Hütte in den Wäldern?" Er sah aus wie einer, der die Zivilisation meidet.

Lincoln lachte und stellte das halb leere Bierglas neben sich auf den Tresen. „Ich bin viel gereist und habe einige Zeit beim Militär verbracht, aber ich habe Montana immer als meine Heimat bezeichnet.

„Du warst beim Militär?", wiederholte ich, überrascht von seinem Blick. Ich dachte immer, Militärs hätten einen Bürstenschnitt, aber das war nur ein Klischee.

Lincolns Augen wurden weicher, als er sprach. „Es ist schon ein paar Jahre her, aber ich war bei der Armee, bei den Spezialeinheiten."

„Wow. Das ist beeindruckend." Es war kein Wunder, dass er wie eine Statue gebaut war, perfekt in jeder Hinsicht.

Ich trank meinen Screwdriver und streckte meine Hand aus, um seinen Bizeps zu berühren. Er war wirklich dick. „Ich frage mich, was noch dick ist", sagte ich leise.

Lincoln starrte mich an.

„Deine Muskeln sind dick", stammelte ich.

Solch ein Mist.

Konnte ich noch mehr plappern und mich noch mehr blamieren?

„Du bist heiß."

Anscheinend ja.

Ich musste die Klappe halten, aber ich schien dazu nicht in der Lage zu sein. Die Worte sprudelten nur so über meine Lippen.

Er nahm noch einen Schluck von seinem Bier und ich vergewisserte mich, dass jeder Tropfen aus meinem Screwdriver verschwunden war, bevor ich bei dem Barkeeper einen weiteren Drink bestellte.

Lincoln schüttelte den Kopf: „Nein. „Ich glaube, du hast dein Limit überschritten."

„Ich trinke normalerweise nicht", sagte ich.

Der Raum schwankte ein wenig, aber vor allem war mein Blick auf ihn gerichtet. Es war, als wäre er der Einzige, den es gab, und nichts anderes war wichtig.

Ich kniff mir in den Nasenrücken. „Du hast vielleicht recht. Ich sollte wahrscheinlich zurück ins Hotel gehen."

Sosehr ich mir auch wünschte, dass er mich begleiten würde, ich fühlte mich nicht wohl dabei, ihn zu mir nach Hause einzuladen.

Ich wollte vielleicht dieses Mädchen sein, aber ich war nicht sie.

„Wie wäre es, wenn ich dich nach Hause fahre?" Er winkte den Barkeeper herüber, um unsere Rechnungen zu bezahlen.

Ein verlegenes Grinsen überzog mein Gesicht. „Ich glaube nicht, dass das eine gute Idee ist."

„Dass du fährst, ist eine noch schlechtere Idee", sagte Lincoln.

Er hatte recht, aber zum Glück war mein Motel auf der anderen Straßenseite und ich musste mich nicht hinter das Steuer eines Autos setzen. „Ich wohne gleich da drüben", sagte ich und zeigte mit meiner Hand in die Richtung.

Der Barkeeper drückte mir eine Quittung und einen Stift in die Hand, damit ich unterschreiben konnte, zusammen mit meiner Kreditkarte. Wir bezahlten beide unsere Rechnungen.

Er murmelte etwas vor sich hin.

„Wie war das?", fragte ich.

Ich unterschrieb die Quittung, meine Unterschrift war unleserlich und meine Kreditkarte steckte ich zurück in meine Brieftasche.

Hatte er sich über die Getränkepreise beschwert oder darüber, wo ich ein Zimmer gebucht hatte?

„Ich bringe dich nach Hause", sagte Lincoln.

Wenn er mich im Dunkeln über die Straße begleiten wollte, würde ich das Angebot annehmen, aber das war alles, was ich bereit war zu akzeptieren. „Tu dir keinen Zwang an."

Ich lud ihn nicht in mein Zimmer ein, um etwas zu trinken oder andere skandalöse Dinge zu tun. Draußen war es dunkel und allein in einer kleinen Stadt mitten im Nirgendwo spazieren zu gehen, war wahrscheinlich keine kluge Entscheidung.

Ich rutschte vom Hocker, meine Füße standen fest auf dem Boden, aber mein Körper schwankte. Ich hatte einen Screwdriver zu viel getrunken: zwei.

„Halt, da", sagte Lincoln. Schnell legte er einen Arm um meine Taille, um mich festzuhalten .

Ich genoss seine Berührung, aber ich wollte auch nicht, dass er den Eindruck bekam, dass ich an mehr interessiert war, zumindest nicht im Moment.

Ich hatte den Mann gerade erst kennengelernt.

Eigentlich hatte ich ihn an diesem Morgen schon getroffen, aber es war immer noch derselbe verdammte Tag.

Ich atmete aus und versuchte, mich in der Bar zu orientieren. „Mir geht es gut", sagte ich und schaute ihn an, als er neben mir stand und mich überragte. „Du musst mich nicht festhalten. Ich werde nicht fallen."

Er lehnte sich zu mir, sein Atem war warm, was ein Kribbeln in meinem Körper auslöste. „Wenn du darauf bestehst", flüsterte Lincoln. Sein fester Griff um meine Taille lockerte sich.

Ich entschlüpfte seinem Griff und taumelte aus der Bar, einen Fuß vor den anderen setzend. Ich kippte nicht um oder fiel hin, aber er hatte recht, ich konnte mich nicht hinter das Steuer eines Fahrzeugs setzen.

Als ich nach draußen in die kühle Frühlingsbrise trat, schlang ich meine Arme fest um mich.

Lincoln hielt mit mir Schritt, während er direkt neben mir herlief. Er zog seine Jacke aus. „Warte mal", sagte er und legte mir seine Jacke um die Schultern. „Hier."

Ich schlüpfte mit den Armen in die Ärmel, wobei es mir schon wärmer wurde. „Danke", sagte ich und zog die Jacke fester um mich herum.

Ich hätte mir seine Jacke nicht ausleihen sollen. Der Geruch seines männlichen Dufts war berauschend, als er meine Sinne einhüllte.

Ich atmete lange und tief ein, atmete seinen Duft ein und mein Körper wurde warm und kribbelte.

„Alles in Ordnung?", fragte Lincoln mit einer hochgezogenen Augenbraue.

Verdammt!

Hatte er bemerkt, was ich getan hatte?

Nein. Das konnte er nicht.

Ich schob meine Hände in seine Jackentaschen, meine Finger waren schon wärmer. Gemeinsam schlenderten wir über die ruhige Straße zum Motel.

Warum war der Parkplatz so voll mit Fahrzeugen? Vorhin, als ich eingecheckt hatte, war das Motel noch nicht überfüllt gewesen. Waren die Zimmer in den vergangenen Stunden alle belegt worden?

Ein heller Lichtblitz in der Dunkelheit blendete mich.

Ich hob meinen Arm, um mein Gesicht und meine Identität zu schützen. „Scheiße", sagte ich stöhnend und blieb stehen.

Ich war erwischt worden.

KAPITEL DREI

JAXSON

„Nett von Lincoln, dass er uns Getränke besorgt hat",
sagte ich. Unser Freund und neuestes Mitglied des
Eagle Tactical Teams war an der Bar verschwunden
und nicht zurückgekommen.

Ich hätte mir Sorgen gemacht, wenn ich nicht bemerkt
hätte, dass er auf einem Hocker saß und die süße
kleine Blondine ansprach.

Ich bin von Natur aus ein aufmerksamer Mensch.
Meine militärische Ausbildung spielte dabei eine
Rolle, aber ich bemerkte die Blondine nicht, als sie
sich näherte. Nur, dass sie sich auf einen Hocker neben
ihn gesetzt hatte.

Hatte er ihr Getränke angeboten, weil er mit ihr sprechen wollte?

Oder hatte sie sich herangeschlichen und zuerst mit ihm gesprochen?

Ariella saß mir gegenüber.

Der riesige Raum fühlte sich kalt und einsam an. Ich wollte sie auf meinem Schoß haben, und an meinen Körper gekuschelt. Aber das musste bis später warten.

Heute Abend.

In der Privatsphäre meines Zuhauses.

Es war kompliziert.

Ich war Ariellas Chef und wir hatten die Regel aufgestellt, dass wir uns nicht verbrüdern.

Offensichtlich hatte das nicht lange gehalten. Es war zu schwierig für mich, mit ihr zu arbeiten und mit ihr zu leben. Die Wohnsituation war schon vor unserer Beziehung entstanden.

Na ja, so ungefähr.

Wir hatten miteinander geschlafen, und dann brannte ihr Haus ab.

Da ich ihr direkter Nachbar war, bot ich ihr an, bei mir zu wohnen. Aus einer Nacht wurden zwei.

Sie konnte es sich nicht leisten, woanders zu leben, und sie war toll zu meiner Tochter Izzie.

Unsere Beziehung vor den Jungs zu verheimlichen, war allerdings das Schwierigste, was ich je getan habe.

Aber es gab keine andere Wahl. Ariella brauchte den Job, und ich brauchte sie.

Mason grummelte vor sich hin, als er sich neben Hazel setzte und ich mich neben ihn.

„Wie war das?", fragte ich und schaute Mason an.

„Ich will einen Drink—einen richtig harten Shot oder etwas anderes. Egal, was", sagte Mason.

Hazel tätschelte seinen guten Arm, der nicht angeschossen worden war.

Mason erholte sich immer noch; er war zwar schon seit sechs Wochen aus dem Krankenhaus nach Hause gekommen, aber es brauchte Zeit, um zu heilen und sich zu erholen.

Es schien, als würde er ein wenig verrückt werden, was ich ihm nicht verübeln konnte. Ich glaubte auch, dass ich es nicht verkraften würde, sechs Wochen lang in meinem Haus eingesperrt zu sein.

Er stupste Hazel neben sich an. „Willst du mir wirklich sagen, dass ich nicht einen Drink haben darf?"

„Ganz genau, du harter Kerl." Ihre Hand glitt auf seinen Oberschenkel und ich wandte meinen Blick ab. „Kein Alkohol, bis du die Entwarnung vom Arzt bekommst. Du hast morgen einen Termin, und wenn er sagt, dass du wie ein Fisch trinken kannst, dann bringe ich dir so viel Alkohol mit, wie du willst."

„Das wird er nicht sagen", sagte ich. Sein Arzt würde diese Aussage auf keinen Fall machen.

Hazel fuhr Mason mit der Hand durch die Haare und schob ihm die langen dunklen Strähnen aus den Augen. „Wie wäre es, wenn ich dir etwas Besonderes von der Bar mitbringe, eine süße, jungfräuliche Leckerei?"

„Willst du mich verarschen?", stöhnte Mason.

Hazel drückte ihm einen Kuss auf die Wange, bevor sie über Ariella kletterte und zur Bar ging.

„Ich helfe ihr", bot ich an und schob mich auf die andere Seite vom Tisch.

Ich folgte Hazel zur Bar, auf der gegenüberliegenden Seite, wo Lincoln und das hübsche Mädchen saßen.

Sie kam mir bekannt vor, aber ich war mir nicht sicher, warum.

Hazel lehnte sich an den Tresen und winkte den Barkeeper heran. Die Bar war gut besucht, was für einen Sonntagabend ungewöhnlich war.

Ein paar Einheimische saßen an der Bar, aber an den meisten Tischen saßen unbekannte Gesichter, was für eine Kleinstadt ungewöhnlich ist, besonders außerhalb der Touristensaison.

Fand im Blue Sky Resort eine Veranstaltung statt? Gelegentlich gab es Konferenzen, die außerhalb der Saison stattfanden und alle Zimmer des Ortes ausbuchten und Touristen in alle Lokale brachten.

„Erkennst du sie?", fragte Hazel und musterte die Blondine, mit der sich Lincoln unterhielt.

Ich stieß einen schweren Seufzer aus. „Sie kommt mir bekannt vor, aber ich bin mir nicht sicher, woher."

Der Barkeeper kam schließlich herüber und wir bestellten zwei Krüge Bier und einen Virgin Daiquiri für Mason.

Ich überreichte dem Barkeeper meine Kreditkarte, während er die Bestellungen aufrechnete.

„Mason wird dich umbringen", flüsterte ich Hazel ins Ohr. Ich hatte noch nie erlebt, dass der Mann etwas Mädchenhaftes trinkt, schon gar nicht alkoholfrei.

Hazel grinste, als sie sich zu mir umdrehte. „Warum? Ich habe ihm gesagt, dass er einen süßen, jungfräulichen Leckerbissen bekommen wird. Das bin natürlich nicht ich."

Meine Augen weiteten sich und ich blickte zurück zum Barkeeper. „Das war mehr Information, als ich brauchte."

Ich hätte mir heute Abend etwas Stärkeres als Bier bestellen sollen, wenn ich mir Hazels und Masons Flirterei anhören musste.

„Ach, komm schon. Ich sehe doch, wie du und Ariella einander anschaut. Du solltest sie zum Tanzen auffordern", sagte Hazel.

„Wir sind Kollegen. Und was noch wichtiger ist: Ich bin ihr Chef."

Hazel hatte nicht die geringste Ahnung, dass Ariella und ich ein Verhältnis hatten.

Oder?

Der Barkeeper reichte mir die Quittung, und ich unterschrieb den Zettel, bevor er mir zwei Krüge Bier reichte.

Ich brachte die Krüge zurück zum Tisch, während Hazel den Erdbeer-Daiquiri zum Tisch trug und ihn vor Mason stellte.

„Du willst mich wohl verarschen", sagte Mason. Er sah nicht im Geringsten begeistert von dem Slushy aus, der vor ihm auf dem Tisch stand.

„Wenn du es nicht trinkst, werde ich es tun", sagte Hazel.

Mason schob das Glas über den Tisch zu Hazel. „Nimm es ruhig."

Ich ging zurück zur Bar, um einen Stapel durchsichtiger Plastikbecher für das Bier zu holen.

„Brauchst du Hilfe?" Die sanfte, warme Stimme von Ariella überraschte mich, als sie hinter mir stand.

Ich drehte mich um und reichte ihr ein paar Becher, während ich den Rest zum Tisch trug. „Klar." Ich wusste ihre Hilfe zu schätzen. „Danke."

Es war mühsam, ihr gegenüberzusitzen und sie nicht zu berühren, sie zu schmecken, ihren Körper an meinem zu spüren—die reinste Folter.

Ich stellte die Plastikbecher auf dem Tisch ab und griff nach Ariellas Hand, bevor sie sich wieder setzen konnte.

Ariella hatte die Becher bereits auf den Tisch gestellt, und Hazel begann, sie zu verteilen und Bier in jeden Becher zu gießen.

„Tanz mit mir", sagte ich und befolgte Hazels Rat. Wenn sie es nicht für eine große Sache hielt, dann würden es die Jungs vielleicht auch nicht tun.

Ariellas Augen weiteten sich. „Jaxson", flüsterte sie mit leiser und ruhiger Stimme.

Es war schwierig, sie wegen der lauten, pulsierenden Musik, die über die Lautsprecheranlage lief, zu verstehen.

„Es ist kein Karaoke-Abend. . Ich verlange nicht, dass du mit mir singst."

„Wenn du das tust, bringe ich dich um", sagte Ariella. „Sogar Izzie weiß, dass ich nicht singen kann."

Ich lachte leise vor mich hin. Sie hatte mich schon ein paar Mal gehört, wie ich Izzie ins Bett gesungen hatte, und obwohl ich gesanglich nichts Besonderes war, konnte ich ein Lied mitsingen - meistens jedenfalls.

„Dann tanz mit mir", sagte ich und drückte fest ihre Hand.

Es war nur ein Tanz.

Jeder bei Eagle Tactical wusste, dass die Chemie zwischen uns stimmte.

Es konnte nicht schaden, zu tanzen.

Es war schon schwer genug, meine Hände im Büro für mich zu behalten, aber ich hatte keine andere Wahl. Sie über meinen Schreibtisch zu beugen und sie so zu nehmen, wie ich es wollte, galt kaum als professionell.

Ich zog sie näher an mich heran.

Sie stöhnte und ließ sich von mir fest an meinen Körper ziehen.

„Muss ich jetzt mit all meinen Arbeitskollegen tanzen?", fragte Ariella. „Ich fühle mich nämlich nicht wohl dabei, mit Declan, Aiden, Mason oder Lincoln so intim zu werden."

Lachend zog ich sie dicht an mich heran und drückte sie fest an meinen Körper. „Nur ich."

„Gut, denn ich möchte nicht, dass einer von ihnen an mich stößt", flüsterte Ariella mir ins Ohr.

Sie schlang ihre Arme um meinen Hals, ihre Finger waren warm auf meiner Haut.

Als ich ihr in die Augen schaute, wollte ich sie küssen, aber das konnte ich nicht, wenn die anderen zusahen.

Es gab keine Ecke, keinen Gang, in den ich mich schleichen und sie für ein paar Küsse und intime Momente zu zweit entführen konnte.

„Ich will dich mit nach Hause nehmen und es mit dir treiben, Sommersprosse." Ich konzentrierte mich mit aller Kraft darauf, meine Impulse zu kontrollieren.

Ich musste meinen Blick unterbrechen und wegschauen. Die Versuchung durch sie war einfach zu groß.

Ihr Duft.

Das Gefühl ihres warmen Körpers, der sich eng an mich presste.

Ich brauchte sie.

Lincoln stand auf und half der jungen Blondine auf die Beine.

Ich schätze, er würde sich heute Abend nicht mehr zu uns gesellen. Das war für mich in Ordnung. Ich war mir nicht sicher, wie lange ich noch an der Bar bleiben und meine Hände für mich behalten konnte.

„Willst du von hier verschwinden?", flüsterte ich ihr ins Ohr.

Sommersprosse lächelte mich an und zog sich nur leicht zurück. „Das will ich, aber wir können nicht.

Lincoln ist abgehauen, und Mason braucht einen Freund, Hazel auch."

„Sie haben Aiden und Declan." Soweit ich wusste, waren die beiden noch Single. Wenn sie in letzter Zeit mit jemandem zusammen waren, dann hatten sie es nicht erwähnt.

„Möchtest du vorschlagen, dass wir Hazel bei den dreien lassen? Das arme Mädchen kümmert sich schon seit einem Monat um Mason."

„Länger", sagte ich.

„Was?"

„Es ist schon länger als ein Monat her. Seit sechs Wochen pflegt sie seine Verletzungen." Mason war keiner, der schmutzige Details darüber preisgab, was zwischen den beiden passiert war.

„Krankenschwester spielen?" Ariella ließ ihre Hände über meinen Rücken gleiten und hielt mich fest, während wir intim tanzten. „Das ist das erste Mal, dass ich davon höre."

„Würde sie es dir erzählen?"

„Wahrscheinlich nicht", sagte Ariella mit einem strahlenden Lächeln im Gesicht. Sie blinzelte zu mir hoch. „Wir sollten zurück an den Tisch gehen. Du solltest Hazel anbieten, mit ihr zu tanzen."

„Warum?" Es war Hazels Idee, dass ich mit Ariella tanze, nicht, dass ich darüber nachgedacht hätte, aber ich war mir nicht sicher, ob das eine gute Idee war.

Sie löste sich aus meiner Umarmung und der Raum fühlte sich um einige Grad kühler an.

Ariella schlenderte zurück zum Tisch und setzte sich wieder hin.

Ich setzte mich neben Mason und griff nach dem Bier auf dem Tisch, das noch nicht angerührt worden war.

Hazel räusperte sich, ein breites Grinsen auf dem Gesicht. „Möchtest du mich nicht zum Tanzen auffordern? Ich könnte etwas von dieser Bump and Grind Action gebrauchen."

Ich spuckte fast das Bier aus dem Mund und hustete bei ihren Worten.

Mein Handy surrte in meiner Tasche und ich griff danach, um nachzusehen. Alles, um aus dem Gespräch mit Hazel herauszukommen. Als Nächstes würde sie mich wahrscheinlich fragen, ob Ariella und ich miteinander schlafen.

„Eagle Tactical?" Ich nahm den Anruf entgegen, stand auf, nahm das Telefon mit und ging nach draußen, wo es ruhig war und ich hören konnte, was gesagt wurde.

„Hallo, ja. Ich möchte mich über Ihre Sicherheitsdienste erkundigen. Wir suchen einen Sicherheitsdienst für unsere Dreharbeiten, die morgen in Ihrer Gegend beginnen."

„Sie wissen schon, dass wir in Breckenridge, Montana, sind." Ich hatte nicht gehört, dass in unserer Stadt eine Filmproduktion stattfindet.

Solch eine Nachricht hätte sich schnell herumgesprochen.

„Ja, unser Studiomanager sollte sich bei dir melden, aber er hat es anscheinend versäumt, das zu tun. Ich entschuldige mich für die späte Benachrichtigung, aber wir benötigen während der Dreharbeiten ein komplettes Sicherheitsteam, und unsere Versicherung verlangt, dass unser Hauptdarsteller einen Bodyguard hat."

Ich stieß einen schweren Seufzer aus. „Wie viele Sicherheitskräfte benötigen Sie während der Dreharbeiten vor Ort?", fragte ich.

„Ein Team von vier oder fünf Personen sollte ausreichen, zusätzlich zu jemandem, der auf Harper

Madison aufpasst. Ich schicke dir ein Foto von ihr und den Drehort für die Produktion, die morgen früh beginnt. Ich sollte dich warnen. Miss Madison weiß es nicht zu schätzen - wie soll ich sagen -, dass das Studio alles tut, um ihre Sicherheit zu gewährleisten. Es ist notwendig, dass sie nichts von deinen Diensten erfährt."

„So arbeiten wir nicht", sagte ich.

Wir konnten sie nicht beschützen, wenn sie uns nicht dabei haben wollte.

„Das ist keine Frage, Sir. Im Vertrag wird festgelegt, dass Miss Madison von niemandem, der in Ihrem Unternehmen beschäftigt ist, über ihren Schutz informiert werden darf."

„Und wenn ich nein sage?"

„Das ist keine Option."

KAPITEL VIER

LINCOLN

Ich hatte den Motelparkplatz noch nie mit so vielen Fahrzeugen, Autos, Trucks und Lieferwagen vollgestopft gesehen.

„Da ist sie!", rief ein Mann von der anderen Straßenseite, als er vor dem Motel stand.

Ein heller Lichtblitz erstrahlte einmal, zweimal und bevor ich zählen konnte, wie oft noch, bemerkte ich, dass Harper stehen geblieben war und ihr Gesicht abschirmte.

Fahrzeugtüren öffneten sich und schlugen zu.

Männer zu Fuß mit Kameras und Camcordern stürmten auf uns zu.

„Schnell, mein Truck." Ich ergriff ihre freie Hand, die sie nicht zum abschirmen benutzte, und eilte mit ihr zu meinem Truck.

Ich kramte meine Schlüssel aus der Tasche, als wir zur Beifahrerseite eilten. Ich öffnete ihr die Tür und schlug sie zu, als die Männer auf den Parkplatz der Bar strömten.

Wer zum Teufel waren sie? Ich konnte nicht warten, um sie zu fragen oder es herauszufinden.

Ich joggte zur Fahrerseite, kletterte in den Truck und ließ den Motor an.

„Bitte holt mich hier raus." Ihre Stimme zitterte, als sie sprach.

Das musste sie mir nicht zweimal zu sagen.

Ich schnallte mich an und legte den Rückwärtsgang ein, um den Truck mit quietschenden Reifen vom Parkplatz zu fahren.

„Danke." Ihre Worte waren leise. Ihre Stimme wirkte zerbrechlich.

Ich hinterließ eine Staubspur, als wir eilig von der Bar wegfuhren. Keiner ist uns gefolgt, zumindest noch nicht. Ich nahm den Bergpass in Richtung Norden. „Wo soll ich dich hinbringen?"

Ihr Motel war eine beschissene Bruchbude. Der Ort war bekannt für Bettwanzen und wenige Besucher. Wie es geöffnet bleiben konnte, war mir ein Rätsel.

„An einen Ort , wo sie mich nicht finden können."

Wer genau waren *sie*?

Paparazzi?

Ich fuhr auf dem Bergpass nach Norden und steuerte das Restaurant an. Der Ort war ruhig und menschenleer. Es würde niemand vorbeikommen und uns stören.

„Klar." Ich drängte sie nicht mit Fragen. Zumindest jetzt noch nicht.

Gelegentlich warf ich einen Blick in den Rückspiegel, um mich zu vergewissern, dass wir nicht verfolgt wurden.

In der Ferne leuchteten die Scheinwerfer in meinem Rückspiegel. Ich trat das Gaspedal stärker durch und fuhr schneller den Berg hinauf. Zum Glück war der Schnee vor Kurzem geschmolzen, obwohl es einige schlammige Tage gegeben hatte, war das Wetter in letzter Zeit trocken und sonnig gewesen.

Ich bog von der Passstraße in Richtung des Restaurants ab und schaltete die Scheinwerfer aus.

„Wie kannst du sehen?", fragte Harper und starrte auf die Straße vor uns.

Ich konnte gar nichts sehen. Ich wurde langsamer, hielt aber nicht an. Ich musste vorsichtig sein.

Ich war diesen Weg schon tausende Male im Dunkeln gefahren, aber nie ohne Scheinwerfer. Ich fuhr langsam vorwärts, denn ich kannte den Weg.

Bäume umgaben uns auf beiden Seiten der Straße und machten es schwierig, etwas vor uns zu sehen. Der Neumond spendete kein Licht, aber die Bäume hätten es ohnehin verdeckt.

Ich habe gewartet.

Ein Motor röhrte hinter uns und fuhr an der Einfahrt vorbei.

Nach einer weiteren Minute, in der ich mir sicher war, dass die Leute uns nicht sehen konnten, schaltete ich meine Scheinwerfer ein und fuhr den Weg zum Restaurant hinunter.

Harper stieß einen schweren Seufzer aus.

„Mach dir keine Sorgen. Hier bist du sicher." Ich hielt den Truck vor dem Restaurant an und stellte den Motor ab. „Komm schon. Komm, ich bringen dich rein."

Sie stieg aus dem Truck und folgte mir über die Verandatreppe des Restaurants.

Ich schloss die Eingangstür auf und schaltete das Licht ein. Ich eilte zu den Jalousien und schloss sie, um sicherzugehen, dass uns niemand drinnen sehen konnte, obwohl ich nicht vorhatte, unten herumzuhängen, wollte ich kein Risiko eingehen.

„Wow", flüsterte Harper. Sie stand an der Haustür und schloss sie, nachdem sie hineingetreten war.

Ich schloss ein weiteres Rollo, die Vorhänge verdunkelten das Haus von außen. „Sieh zu, dass du die Tür abschließt."

Harper drehte sich auf den Fersen um und sicherte den Riegel, bevor sie weiter in das Restaurant trat. „Was ist hier passiert?"

„Lange Geschichte", sagte ich. Als die letzten Vorhänge zugezogen waren, schaute ich mich um, um sicherzugehen, dass sie nicht gesehen werden konnte.

Mit hochgezogener Augenbraue starrte sie mich an.

Wartete sie darauf, dass ich etwas erzähle? Bei den Männern, die uns mit Kameras verfolgten, war sie nicht besonders gesprächig. Ich nahm an, dass es Paparazzi waren, aber ich war mir nicht sicher.

Ich wurde noch nie von Männern mit Kameras gejagt, nur von Männern mit Waffen.

Sie fuhr aus meiner Jacke und ließ sie langsam von ihren Schultern gleiten, bevor sie sie mir hinhielt.

Ich nahm die Jacke aus ihrer Hand und trug sie zur Treppe.

„Kommst du mit?", rief ich ihr zu.

Ich drehte mich nicht um.

Das leise Getrappel ihrer Schritte war ihre Antwort.

Sie folgte mir die Treppe hinauf und in meine Wohnung. Harper räusperte sich.

Ich schaltete das Licht an und vergewisserte mich, dass auch die Vorhänge im Obergeschoss geschlossen waren. Ich schloss die Jalousien im Wohnzimmer, durch die man auf den Parkplatz des Restaurants blicken konnte. Ich erwartete zwar keinen Besuch, aber ich wollte es auch nicht riskieren. Offensichtlich wollte sie nicht gesehen oder gefunden werden.

„Setz dich", sagte ich und wies auf das Ledersofa.

Sie ließ sich auf das weiche Sofa sinken. Sie schlüpfte aus ihren Schuhen und zog ihre Beine neben ihrem Körper hoch. Ihre Augen waren schwer.

War sie erschöpft, oder war es der Alkohol, der sie schläfrig machte?

„Danke." Ihre Augenlider fielen kurz zu, bevor sie wieder aufgingen. „Du fragst dich wahrscheinlich, was das vorhin im Motel sollte."

Ich öffnete die Holzkiste, die mir meine Großmutter geschenkt hatte, holte eine Decke heraus und bot sie ihr an.

Harpers Hand streckte sich aus und umklammerte den Stoff, bevor sie ihn über ihre Beine zog. Sie schien sich unter der Wärme der Decke zu entspannen.

„Du bist mir keine Erklärung schuldig", sagte ich. Ich hatte nicht vor, sie zu drängen. Wenn sie es mir sagen wollte, würde sie es tun.

Ihre Augenlider fielen wieder zu. Diesmal gähnte sie und zog die Decke höher bis zu ihrem Kinn, während sie sich auf dem Sofa ausstreckte.

Ich sagte ihr, dass ich ein Kissen holen würde, um es ihr bequemer zu machen, wenn sie die Nacht hier verbringen wollte.

„Das tue ich", sagte Harper, halb gemurmelt. Sie schien ihre Worte zu verschlucken, während sie sprach. „Die Paparazzi sind immer hinter mir her. Ich danke dir, Lincoln. Das ist sehr freundlich von dir."

„Ich helfe gerne", sagte ich und seufzte schwer. Ich hatte nicht vor, sie zum Schlafen zu mir nach oben einzuladen, aber sie war schon so gut wie weg.

Ich bemühte mich, leise zu sein, und ging den Flur entlang zum Wäscheschrank, um ein Kissen zu holen. Ich brachte es zurück ins Wohnzimmer und entdeckte Harper, die ausgestreckt auf dem Sofa lag und leise schnarchte.

Ich beugte mich zu ihr hinunter, um sie nicht zu erschrecken. „Ich habe dir ein Kissen mitgebracht", sagte ich in einem sanften, beruhigenden Ton und legte ihren Kopf ein wenig höher und das Kissen unter ihren Nacken, um sicherzugehen, dass sie es bequem hatte.

„Danke", murmelte sie.

Ich schaltete das Licht aus und schlich mich leise in mein Schlafzimmer.

Mein Handy surrte in meiner Tasche und ich schaute auf die Dutzende von SMS, die ich von meinen Freunden, den Jungs von Eagle Tactical, verpasst hatte.

Das würde warten müssen.

Ich würde sie morgen früh beantworten, wenn ich mehr darüber wusste, was vor sich ging, vorausgesetzt, sie würde es mir sagen.

Am nächsten Morgen surrte mein Telefon neben mir auf dem Nachttisch und weckte mich in aller Herrgottsfrühe.

„Ja, ich bin's, Lincoln", sagte ich und nahm den Anruf entgegen. Ich hatte gar nicht bemerkt, wer angerufen hatte, denn ich war noch im Halbschlaf, als ich ans Telefon ging.

„Ich bin unten in deinem Restaurant. Kannst du runterkommen?"

„Jaxson?" Warum war er an einem Montagmorgen bei mir zu Besuch?

Hatten wir einen neuen Kunden? Das war das Einzige, was einen Sinn ergab.

Aber warum taucht er einfach auf und ruft mich an?

„Ja, zieh dich an und komm runter."

Ich fuhr mir mit einer Hand durch die Haare. „Ja. Ich komme gleich runter." Ich beendete den Anruf und warf mein Handy auf meine Matratze.

Ich stolperte im Dunkeln durch das Schlafzimmer, schnappte mir eine Jeans, ein dunkles Hemd und Socken und zog sie an, bevor ich in meine Schuhe schlüpfte und leise aus dem Schlafzimmer und durch das Wohnzimmer ging.

Harper schlief noch tief und fest.

Ich wollte sie nicht wecken. Ich eilte die Treppe hinunter, das helle Licht des Restaurants ließ meine Augen brennen.

Jaxson stand unten und lehnte an der Theke, die mit Dutzenden Kugeln beschossen worden war.

„Guten Morgen", sagte Jaxson. „Ich wollte dich besuchen, aber ich habe gesehen, dass du Besuch hast."

Ich fuhr mir mit einer Hand durch mein zerzaustes Haar.

„Ja. Anstrengende Nacht." Ich wollte nicht weiter darauf eingehen, obwohl Jaxson vielleicht dachte, dass zwischen dem Mädchen und mir, mit dem ich in der Bar war, etwas lief, wollte ich seinen Verdacht weder bestätigen noch dementieren.

Ich küsse und erzähle nicht.

„Du hättest einfach anrufen können", sagte ich und verschränkte die Arme vor der Brust.

Ich benötigte Kaffee, aber die Kaffeemaschine war defekt und diese kleinen Kaffeepads taugten nichts.

„Ich habe dir gestern Abend eine SMS geschickt, aber du hast nicht geantwortet."

„Ja, ich war beschäftigt." Ich fuhr mir mit der Hand durch die Haare und ging zurück in die Küche, um mir wenigstens ein Glas Wasser zu holen. „Du bist doch nicht nur vorbeigekommen, um mir zu sagen, dass du mir eine SMS geschickt hast."

Das sah Jaxson überhaupt nicht ähnlich. Etwas war vorgefallen, aber ich hatte nicht die geringste Ahnung, was.

Jaxson folgte mir in die Küche und stellte sich in den Türrahmen. „Wir haben einen neuen Kunden. Ein Hollywood-Studio hat uns als Sicherheitskräfte angeheuert, während sie in den nächsten Wochen eine Filmproduktion drehen."

Ich hob das Glas mit Wasser an meine Lippen und hielt inne. „Paparazzi", murmelte ich vor mich hin.

Kein Wunder, dass das Studio Sicherheitsleute brauchte. Es lag nicht an den Einwohnern von Breckenridge, die sich in die Dreharbeiten einmischten oder die Stars belästigten.

„Ja, wahrscheinlich", sagte Jaxson. „Hauptsächlich sollen wir unbeteiligte fernhalten und dafür sorgen, dass sich die Stars sicher fühlen. Da ist noch eine Sache."

Ich trank das Wasser aus und stellte das Glas in die Spüle. „Natürlich noch etwas." Es gab immer etwas anderes.

„Das Studio hat darum gebeten, dass ein Mitglied unseres Teams außerhalb der Geschäftszeiten einen Sicherheitsdienst für den Hauptdarsteller übernimmt. Ich denke, du solltest derjenige sein, die sich um das Starlet kümmert. Sie ist jung, verursacht Ärger und du hast sie bereits kennengelernt."

„Was?" Mein Kopf drehte sich.

„Harper Madison. Das Mädchen oben in deiner Wohnung, sie ist das Hollywood-Starlet. Das Studio hat erwähnt, dass sie vielleicht nicht mit einem Bodyguard einverstanden ist, aber das ist eine Voraussetzung, damit der Film finanziert wird und die Versicherung grünes Licht gibt. Anscheinend hat sie ein Händchen dafür, in Schwierigkeiten zu geraten."

Mist.

Es war zu früh, um etwas über Harper zu erfahren. „Was du nicht sagst."

Jaxson trat näher heran. „Hör zu, ich würde dich nicht darum bitten, aber ich habe gesehen, wie sie dich ansah und sich dir gegenüber öffnete, und ich nehme an, dass sie dir vertraut."

„Sie wird mir nicht vertrauen, wenn sie erfährt, dass ich als ihr persönlicher Bodyguard angeheuert wurde", sagte ich. Sie schien nicht der Typ zu sein, der es zu schätzen weiß, dass man mich angeheuert hat, um auf sie aufzupassen.

Vielleicht täuschte ich mich und sie würde sich freuen, aber wir mussten die Dinge professionell angehen.

Ich schlafe nicht mit meinen Kollegen oder Kunden.

Jaxson atmete schwer aus, sein Kiefer war angespannt. „Ich schlage vor, du sagst es ihr nicht. Lade sie für heute Abend, nach dem Dreh, zum Essen ein und führe sie durch die Stadt. Mach ihr eine schöne Zeit, aber nicht zu schön."

„Wir hatten gestern Abend ein paar Drinks. Das war's", sagte ich.

Ich ging nicht weiter auf die Männer ein, die sie mit den Kameras vor ihrem beschissenen Motelzimmer verfolgten.

Musste Jaxson davon erfahren? Vielleicht, wenn er ihr Sicherheitsbeauftragter wäre, aber er übertrug mir die Verantwortung.

„Ich weiß. Ich kam nach oben und dachte, dass ein Mädchen, das auf deiner Couch schläft, jemand ist, mit dem du nicht geschlafen hast. Deshalb vertraue ich dir mit diesem Sicherheitsteam."

Na toll.

So sehr ich auch wollte, dass ich es bin, war ich nicht bereit für das Drama, das sich daraus ergeben würde. „Du willst, dass ich ihr Bodyguard bin."

Sie würde mich umbringen.

Ich musste nur dafür sorgen, dass sie nie herausfand, dass ich zu ihrem Schutz angeheuert worden war.

„Ja." Jaxson verstummte, als wir hörten, dass die Tür im Obergeschoss knarrte und sich schloss.

Harper war wach und auf dem Weg nach unten.

Jaxson kam um die Ecke in die Küche und nickte mir zu, als ich ins Restaurant trat.

Mit leisen Schritten lief sie über die Holzdielen.

„Guten Morgen", sagte ich und begrüßte sie.

Dafür, dass sie die ganze Nacht auf dem Sofa geschlafen und einen Drink zu viel hatte, war sie ziemlich gut herausgeputzt.

„Morgen. Kannst du mich zurück zum Motel fahren? Ich muss mein Auto holen."

„Klar." Ich kramte in meiner Tasche nach meinen Schlüsseln, führte sie nach draußen und schloss hinter mir ab.

Ich warf noch einmal einen Blick in Richtung Küche, wo Jaxson sich versteckt hatte.

Ich führte Harper zu meinem Truck. Heute Morgen war Ariellas Limousine daneben geparkt worden.

„Wem gehört das Fahrzeug?", fragte Harper. Sie kletterte auf den Vordersitz und schaute sich um.

Machte sie sich Sorgen, dass es noch mehr Paparazzi waren, die nach ihr suchten?

„Nur einer der Jungs, die mir helfen, das Restaurant zu renovieren." Es war keine komplette Lüge. Jaxson hatte erwähnt, dass es ihm nichts ausmachen würde, das Innere des Restaurants zu renovieren.

Warum zum Teufel hatte er Ariellas Auto genommen?

Ich legte den Rückwärtsgang ein und fuhr zurück auf die Straße, auf der wir gestern Abend gekommen waren.

Harper saß still da und starrte aus dem Fenster. „Darf ich dich etwas fragen?"

„Klar." Ich hatte das Gefühl, dass sie es ohnehin tun würde.

„Was ist mit deinem Restaurant passiert? Diese Einschusslöcher sind nicht zur Dekoration da."

Ich schnaubte leise vor mich hin. „Das ist etwas Neues. Und nein, sie sind zu hundert Prozent echt."

Diese Geschichte würde einige Zeit in Anspruch nehmen und vielleicht würde sie mir die Gelegenheit verschaffen, sie später am Abend zu sehen, wenn ich arbeitete und sie im Auge behielt.

„Es ist eine lange Geschichte. Wie wäre es, wenn ich sie dir heute Abend beim Essen erzähle?"

„Ich muss arbeiten, aber ich schicke dir eine SMS, wenn ich fertig bin. Es könnte etwas später werden", sagte Harper.

„Das ist okay." Ich überlegte, ob ich mein Handy herausholen und es ihr geben sollte, um ihre Nummer einzugeben, aber ich entschied mich dagegen. Was, wenn sie die SMS über den Studio-Sicherheitsjob bei Eagle Tactical lesen würde?

„Hole dein Handy raus. Ich werde dir meine Nummer geben." Ich wartete darauf, dass sie ihr Handy herausholte, und sagte meine Nummer auf, damit sie mich später erreichen konnte.

Ein paar Minuten später fuhren wir vor dem Motel vor. Der Parkplatz war fast leer, anders als letzte Nacht.

In der Ferne erkannte ich Aidens Truck.

Er überwachte den Motelparkplatz. Wenigstens würde Harper in Sicherheit sein.

Ich musste nach Hause gehen und duschen. Solange ich nicht aufdringlich sein musste, würde sie nie erfahren, dass ich für Eagle Tactical arbeitete.

KAPITEL FÜNF

ARIELLA

Ich rieb mir den Schlaf aus den müden Augen und stolperte in die Küche, wo das helle Licht und die weit geöffneten Jalousien das Morgenlicht hereinwarfen.

Ich blinzelte.

Meine Augen konnten sich nicht schnell genug anpassen und machten es mir schwer, etwas zu sehen.

Mein autonomes Nervensystem war gestört. Ich war einer der wenigen Unglücklichen mit einer Störung, die die Ärzte nur schwer verstehen konnten.

„Geht es dir gut?" Jaxsons warme Stimme drang an mein Ohr, als er seine Arme um meine Taille schlang und mich stützte.

Mein Körper schmolz in seiner Umarmung dahin, seine Berührung war warm und einladend.

Ich hatte keine Lust, mich für die Arbeit fertig zu machen.

„Nur meine Vision." Ich spürte seinen Blick und die Sorge, die auf uns beiden lastete. „Mir geht's gut. Es ist nichts weiter."

Das Letzte, was ich wollte, war, ihn zu beunruhigen.

Am liebsten wäre ich wieder ins Bett geklettert, genauer gesagt in sein Bett, aber wir mussten vorsichtig sein. Da Skylar zu Besuch war und seine kleine Tochter sich ständig ins Schlafzimmer einlud, hatte ich öfter im Gästezimmer geschlafen, als mir lieb war.

„Nur deine Vision?", wiederholte Jaxson. „Das hört sich nicht gut an." Er schob mich ein paar Meter zurück und drückte mich gegen die Schränke.

Sein Körper hielt mich fest.

„Jaxson?"

Er hob seine rechte Hand bis auf meine Augenhöhe. „Wie viele Finger halte ich hoch?", fragte er.

Meine Augen hatten sich bereits angepasst, als er mich gegen den Tresen drückte, aber ich wollte es nicht zugeben.

Ich mochte es, eng an ihn gepresst zu sein, während er sich auf mich konzentrierte und seinen Schutz aufgab.

„Ariella?" Er klang besorgt, weil ich ihm nicht schnell genug geantwortet hatte.

„Drei Finger", sagte ich. „Meine Sehkraft benötigt etwas länger, um sich anzupassen als die anderer Menschen. Helles Licht oder der Wechsel von einem dunklen Raum in einen hellen ist schwierig, und der Himmel helfe mir, wenn ich gleich danach wieder in einen dunklen Raum gehe."

Er strich mir eine Haarsträhne hinters Ohr und seine Berührung weckte das Verlangen, das er in mir entfachte.

„Was passiert dann?", fragte Jaxson. Seine Finger spielten mit meinem Haar und glitten an meinem Hals entlang, während er mich festhielt.

Ich wollte ihn küssen, aber wir hatten uns darauf geeinigt, es vor Izzie und Skylar langsam angehen zu lassen, ganz zu schweigen davon, dass wir unsere Beziehung vor unseren Arbeitskollegen, den Jungs von Eagle Tactical, verheimlichen wollten.

„Ich fange an, diese seltsamen Formen zu sehen und mir wird übel."

Skylar stürmte in die Küche, ohne den intimen Moment zwischen uns zu bemerken. „Die habe ich auch. Auren sind das Schlimmste. Eigentlich sind die Migräneanfälle das Schlimmste, aber ich kann es nicht ertragen, wenn ich einen dieser visuellen Trips bekomme", sagte Skylar.

Jaxson löste seine Hand und zog sie weg, bevor er aus meinem persönlichen Bereich zurücktrat.

Ich wimmerte aus Protest, und er sah mir in die Augen.

Ich hasste es, dass wir dieses Spiel spielen mussten, was wir in der Nähe anderer tun durften und was nicht. Ich wollte meine Arme um ihn legen, meine Lippen auf seine legen und mich nicht darum kümmern, wer uns sieht oder was er denkt oder fühlt. Wir waren erwachsen.

„Hast du jetzt eine Aura?", fragte Jaxson.

„Nein, mir geht es jetzt gut. Danke."

Skylar starrte mich an.

Was hatte ich getan, um sie wütend zu machen? Hatte sie jemals vor, aus dem Haus ihres Bruders auszuziehen?

„Hast du etwas von Mason gehört?", fragte ich und versuchte verzweifelt, das Thema zu wechseln.

Jaxson griff nach seinem Kaffee und nahm einen Schluck. „Er hat heute Nachmittag einen Termin beim Arzt. Er hofft, dass er vom Arzt Entwarnung bekommt und morgen wieder ins Büro kommen kann."

Ich ging an ihm vorbei zum Schrank mit den Tassen und holte mir eine. „Wie wahrscheinlich ist das?", fragte ich und schenkte mir eine dampfende Tasse Kaffee ein.

Er war von zwei Kugeln getroffen worden. Es bedarf Zeit zu heilen, aber wie viel Zeit benötigt er? „Gestern Abend schien es ihm gutzugehen."

„Es könnte so oder so ausgehen", sagte Jaxson. „Ich bin froh, dass er wieder da ist, aber ja, er schien sich gestern Abend gut zu amüsieren, was mich daran erinnert, dass ich heute Morgen vor der Arbeit bei Lincoln vorbeischauen muss.

„Oh?" Ich wusste nicht, was er vor der Arbeit mit ihm zu besprechen hatte, aber das ging mich nichts an. „Willst du, dass ich Izzie heute Morgen fertig mache und sie zur Tagesstätte bringe?", fragte ich. Ich hatte sie in letzter Zeit schon ein paar Mal für ihn abgeholt und war daher mit ihrer Routine vertraut.

„Das wäre wirklich hilfreich", sagte Jaxson. Er drückte mir einen schnellen, keuschen Kuss auf die Wange.

Ich erstarrte, überrascht von seiner Geste.

Was, wenn Izzie in die Küche gerannt kam?

Obwohl wir beide wussten, dass Skylar über unsere Beziehung Bescheid wusste, hatten wir versucht, in Isabellas Nähe diskret zu sein. Jaxson wollte seine Tochter nicht verwirren und die Tatsache, dass ich bereits unter seinem Dach lebte, war auch nicht gerade hilfreich.

„Kannst du ihren Autositz in meinem Auto befestigen?", fragte ich.

„Ich werde dir einen Gefallen tun und du kannst heute meinen Truck nehmen", sagte Jaxson.

„Bist du sicher?" Er hatte mir noch nie angeboten, seinen Truck zu fahren.

Hatte er keine Angst, dass die Jungs von Eagle Tactical etwas sagen könnten? Sie wussten zwar alle, dass ich bei Jaxson wohnte, aber nur, weil mein Haus nebenan abgebrannt war.

Wie lange konnte diese Ausrede noch gelten?

„Ich vertraue dir meine Tochter an, Sommersprosse. Du kannst mir garantieren, dass sie mehr wert ist als mein Truck."

Ich nahm einen langen Schluck von meinem Kaffee. Meine Wangen fühlten sich heiß an, als er mich anstarrte.

„Ich brauche dich heute im Außendienst. Unser neuester Kunde braucht das gesamte Team für seinen Auftrag", sagte er und nippte an seinem Kaffee, während er Skylar anschaute. Es war klar, dass er sich nicht wohl dabei fühlte, in ihrer Gegenwart Einzelheiten zu besprechen. „Da Mason nicht verfügbar ist, brauche ich dich heute im Außendienst und nicht im Büro.

Ich hatte so viele Fragen, aber er schüttelte den Kopf und sagte mir damit, dass ich sie jetzt nicht stellen sollte. „Okay."

Mein Magen kribbelte vor Nervosität.

Was würde ich im Außendienst machen müssen? Ich war keine Außendienstmitarbeiterin, nicht einmal während meiner Zeit bei der CIA. Ich saß immer am Schreibtisch oder hinter einem Computer in einem Hotelzimmer.

„Ich schicke dem Team eine SMS mit dem Treffpunkt. Komm einfach vorbei, sobald du Izzie in der Kita abgeliefert hast."

Mein Atem blieb mir im Hals stecken. „Klar."

Jaxson trat näher heran.

Hatte er mein Zögern gespürt?

Er legte seine starke, warme Hand auf meinen Oberarm. „Du schaffst das, Sommersprosse. Ich verspreche dir, ich würde dich nicht in den Außendienst schicken, wenn ich nicht glauben würde, dass du dafür bereit bist."

Ich schenkte ihm ein schwaches Lächeln. „Ich weiß das zu schätzen." Das stimmte, auch wenn mir bei dem Gedanken an das, was ich tun musste, übel wurde und ich nicht einmal wusste, worum es gehen würde.

„Du siehst aus, als würde dir schlecht werden", murmelte Jaxson. Mit einem schweren Seufzer ergriff er meine Hand, zog mich ins Bad und schloss die Tür.

„Jaxson?" Was tat er da?

„Atme", sagte er und seine blauen Augen starrten direkt in meine.

Ich stieß einen schweren Atemzug aus, von dem ich gar nicht wusste, dass ich ihn angehalten hatte.

Jaxson hielt meine Hände fest umklammert, und ich blickte auf unsere Hände hinunter. Meine Hände zitterten. „Du schaffst das, Sommersprosse." Er hielt eine Hand fest und drehte mit der anderen Hand den Ventilator im Bad auf.

„Tue ich das?", fragte ich und meine Stimme quietschte. Ich schnitt eine Grimasse und atmete tief durch, um mich zu beruhigen. „Ich bin kein Außendienstler. Ich arbeite zuverlässig in einem Büro, wo es Stabilität und Struktur gibt."

Er schlang seine starken Arme um meine Taille und zog mich fest an seinen Körper. „Stell dir einfach vor, du würdest draußen im Büro arbeiten", sagte Jaxson.

Sein Atem kitzelte meinen Nacken, und seine Lippen streichelten meine Haut. Langsam und sanft küsste er mich hinter meinem Ohr.

Er war meine Offenbarung - jedes Mal aufs Neue.

„Du schaffst das, Sommersprosse", sagte Jaxson wieder.

Ich atmete schwer durch meine Nase aus. Ich schloss die Augen und nickte. „Sag es mir. Wie lautet die Aufgabe?"

Er hatte mich ins Badezimmer gebracht, um es mir zu sagen, richtig? Außerhalb der Hörweite von Skylar, die eine große Klappe hatte.

„Heute Morgen fängt ein Filmteam an, einen Film zu drehen. Sie haben ein Sicherheitsteam angefordert, das die Produktion überwacht und sicherstellt, dass niemand ungebeten auf das Set kommt."

„Das war's?" Ich atmete erleichtert auf. „Jetzt fühle ich mich wie ein Idiot."

„Tu das nicht", sagte Jaxson. „Du kannst nichts dafür, wie du dich fühlst und wie dein Körper reagiert." Er zog mich fest an sich, eine Hand auf meinem Rücken, die andere streichelte meinen Hintern.

Ich lächelte und beugte mich vor, um einen Kuss zu erhaschen, denn ich wusste nicht, wann ich wieder die Gelegenheit dazu haben würde. Nur wir beide, allein.

———

Ich hatte noch nie einen Sicherheitsdienst gemacht, aber Jaxson brauchte eine zusätzliche Person, obwohl ich nicht im Geringsten bedrohlich aussah, konnte ich zumindest dafür sorgen, dass niemand aufs Set lief, der nicht dazu gehörte. Außerdem hatte ich ein

Walkie-Talkie und sollte Jaxson jeden melden, den ich für verdächtig hielt.

Ich hatte nicht erwartet, dass viel passieren würde.

Niemand wusste, dass ein Filmteam in der Stadt sein würde, aber die Leute redeten, wenn sie bemerkten, dass Nebenstraßen gesperrt waren und die Wohnwagen der Darsteller auf dem offenen Feld direkt an der Hauptstraße parkten.

Die Einheimischen kamen, neugierig auf die Produktion in einer Stadt mit weniger als tausend Einwohnern.

Obwohl ich noch nicht lange in Breckenridge lebte, war dies wahrscheinlich das Aufregendste, was in den Frühlingsmonaten passierte, wenn Skifahren und Snowboarden nach der Saison geschlossen waren.

Es war schwer, meinen Blick von Jaxson abzuwenden.

Während er vor dem Wohnwagen der Darsteller, genauer gesagt vor dem von Harper Madison, Wache hielt, war es meine Aufgabe, dafür zu sorgen, dass alle Crewmitglieder Ausweise trugen, damit sie leicht zu erkennen waren.

Die Aufgabe war eigentlich einfach: Ich musste sicherstellen, dass sich niemand ans Set schlich, der nicht dazu gehörte.

Wusste jemand außerhalb des Produktionsteams, dass Harper Madison in der Stadt war?

Wahrscheinlich wohnte sie unter falschem Namen in dem Hotel, in dem sie eingecheckt hatte.

Als die Stars eine Mittagspause machten, aß ich einen Happen in meinem Auto und genoss die Einsamkeit. Ich konnte nicht mit Jaxson zu Mittag essen, sosehr ich es auch wollte. Wir konnten es uns nicht leisten, beide gleichzeitig eine Stunde freizunehmen.

Nachdem ich eine schnelle Mahlzeit zu mir genommen hatte, ging ich über den Parkplatz zurück zum Set.

Ein scharfer Stich traf mich im Nacken.

Ich griff nach hinten, um den Schmerz wegzureiben, aber meine Sicht verschwamm. Ich öffnete den Mund, um zu schreien, als ich spürte, wie eine Hand meine Lippen verschloss.

Mein Körper sackte in sich zusammen und wollte schon zu Boden fallen, als mich zwei Arme festhielten.

Dunkelheit überkam mich.

KAPITEL SECHS

HARPER

Ich wollte ein richtiges, selbst gekochtes Essen oder zumindest etwas Leckeres, und nicht die künstlichen Gerichte, die die Schauspieler und die Crew während der Dreharbeiten zu sich nahmen.

Obwohl ich ihre Bemühungen zu schätzen wusste, wollte ich mir eine Stunde Zeit für mich nehmen, weg vom Set.

Ich verließ meinen Wohnwagen, warf meine Handtasche über die Schulter, und setzte mir eine Sonnenbrille auf.

Ich ging dem Sicherheitsteam aus dem Weg, einem Haufen gut aussehender Jungs, die aus der Gegend stammten, ehemalige Militärs waren und so aussahen, als wären sie bereit, jemandem in den Hintern zu treten.

Hätte ich Lincoln am Abend zuvor nicht getroffen, hätte ich vielleicht mit einem von ihnen geflirtet, aber das war alles nur gespielt.

Ich wollte so sein, wie ich bin, nicht, wie ich als Person war.

Ich schnappte mir eine Baseballkappe, die auf einem Stuhl in der Nähe abgelegt worden war, steckte meine langen blonden Haare unter die Kappe, und versuchte mich so gut wie möglich zu tarnen.

Niemand schien mich zu bemerken, da ich wie alle anderen gekleidet war. Während die anderen ihre Aufmerksamkeit auf sich richteten, schlüpfte ich aus dem Wagen und ging zum Parkplatz, einem gemähten Feld, um meinen Mietwagen zu holen.

Die Haare auf meinen Armen standen mir zu Berge.

Eine Frau mit langen dunklen Haaren sackte in sich zusammen, und ein Herr fing sie von hinten auf und nahm sie in seine Arme.

Er trug sie über den Parkplatz.

„Hey!", rief ich und eilte dem Mann hinterher.

Was zum Teufel war hier los?

War sie in Ordnung?

Ich konnte nicht schnell genug erkennen, ob sie jemand war, den ich vom Filmen kannte.

Er trug sie in die Richtung eines weißen Lieferwagens. „Kümmere dich um deinen eigenen Kram", erwiderte eine schroffe Stimme.

Er riss die Hintertür seines Fahrzeugs auf.

Ich eilte hinterher und steckte meine Hand in meine Handtasche. Ich holte meine pinkfarbene Pfefferspray-Dose heraus und hielt sie hoch, um den Entführer zu bedrohen.

Alles sagte mir, dass sie in Gefahr war und dass dieser Kerl ihr etwas antun wollte.

„Lass sie los!", schrie ich und hoffte, dass jemand meine Rufe hören würde.

Wo zum Teufel war das Sicherheitsteam, das für die Überwachung des Sets angeheuert worden war?

Er ging nicht im Geringsten sanft mit der Brünetten um, als er sie auf den Rücksitz des Wagens warf.

In dem Moment, als er sich umdrehte, hatte ich den Finger am Abzug des Kolbens, aber er riss ihn mir aus den Händen und schlug mir mit der Rückhand ins Gesicht.

Meine Wange brannte, und meine Augen brannten vor Angst.

„Steig ein." Er nickte in Richtung der offenen Hintertür, wo die junge Frau regungslos lag.

Schlief sie?

Tot?

„Nein, ich gehe nirgendwo mit dir hin." Ich wich einen Schritt zurück, weil ich nicht wusste, wie ich der Frau im Van helfen konnte.Wenn ich mit ihr gehen würde, dann wäre mein Leben gefährdet.

Ich war nicht mutig.

Ich war nicht furchtlos.

Ich war Schauspielerin, und ich konnte zwar eine Rolle spielen, aber nur mit Text und Drehbuch. Ich konnte diese Rolle nicht spielen, nicht die, in der ich stark erscheinen musste.

Er packte mich an der Taille und warf mich auf den Rücksitz des Wagens.

„Nein!", schrie ich und stürzte mich auf den Mann, meine Fingernägel gruben sich in seine Augen und zwangen ihn, rückwärts zu stolpern. Ich nutzte den Moment und katapultierte mich aus dem Wagen an ihm vorbei, wobei ich über meine Füße stolperte.

Ich knallte ins Gras und fraß Dreck.

„Du Schlampe!", knurrte der Täter und griff in den Van.

Ich hatte keine Lust zu warten, um herauszufinden, ob er eine Waffe oder etwas anderes auf mich gerichtet hatte.

Ich beeilte mich aufzustehen und rannte zwischen den Autos hindurch, wobei ich mich duckte, damit er mich nicht sehen konnte. Ich hielt mich tief am Boden und lauschte auf seine Schritte oder die schweren Atemzüge, mit denen er nach Luft schnappte.

Sosehr ich der Frau im Lieferwagen auch helfen wollte, das Beste, was ich jetzt für sie tun konnte, war, Hilfe zu holen.

Wenn er eine Waffe hat, wäre ich ihm unterlegen.

Ich blieb in Bodennähe und eilte über den überfüllten Parkplatz zurück zum Produktionsgelände.

Die Reifen quietschten und wirbelten Schmutz auf, als ich meinen Kopf hob. Der weiße Lieferwagen fuhr mit hoher Geschwindigkeit von dem Parkplatz.

Ich brauchte mich nicht mehr zu ducken oder vor dem Täter zu verstecken.

Ich war frei, aber sie war es nicht.

KAPITEL SIEBEN

JAXSON

Harper kam auf mich zugerannt, mit roten Wangen, die Sonnenbrille auf dem Kopf und einer Baseballmütze in der zitternden Hand.

„Hilfe!" Harper stürmte zurück und blickte von einer Seite der Bühne zur anderen, um jemanden zu suchen.

Ich eilte zu ihr, ohne zu wissen, was sie beunruhigte.

Waren ihnen die kleinen Sandwiches auf dem Mittagstisch ausgegangen?

Sie sah verzweifelt und panisch aus, aber ich konnte nicht einmal erahnen, was sie so aufgeregt hatte. „Womit kann ich dir helfen?", fragte ich ruhig und versuchte, ihr die Angst zu nehmen, die sie hatte.

„Er hat sie mitgenommen!", keuchte sie mit geweiteten Augen und zeigte hinter sich auf den Parkplatz.

„Langsam, langsam. Kannst du mir sagen, was du gesehen hast?" Ich winkte Aiden zu mir.

Von meiner Position aus konnte ich weder Ariella noch Declan sehen.

Aiden rannte herüber, als er die Dringlichkeit bemerkte.

Er sagte kein Wort, sondern hörte nur zu.

„Ich war auf dem Weg zu meinem Auto", sagte Harper, „und dieser Typ, ziemlich groß, größer als ich, dunkle Haare und dunkle Augen, trug ein Mädchen zu seinem weißen Van. Sie war bewusstlos. Zumindest hoffe ich, dass das alles war und sie nicht tot war."

Ich schluckte den Kloß hinunter, der sich in meinem Hals bildete. „Hast du das Nummernschild gesehen?", fragte ich.

Harper schüttelte den Kopf: „Nein.

Ich hoffte, dass es sich nicht um ein Spiel oder einen Werbegag handelte, den sie vorhatte, aber das Zittern in ihrer Stimme ließ mich ihr vertrauen.

„Er hat auch versucht, mich zu packen, also habe ich mich gewehrt und bin weggelaufen", sagte Harper.

„Gut." Ich stieß einen langen, langsamen Atemzug aus. „Kennst du das Mädchen, das er entführt hat?"

Sie schüttelte den Kopf. „Ich habe sie nicht erkannt, aber ich bin nicht immer gut darin, mich an Leute zu erinnern. Das Mädchen hatte lange, dunkle Haare. Es tut mir leid, ich wünschte, ich könnte dir mehr helfen." Harper kaute auf ihrer Unterlippe. „Können wir einen Appell am Set machen?"

„Das ist keine schlechte Idee", sagte Aiden. „Auf dem Parkplatz gibt es keine Kameras."

„Hatte einer von ihnen Erkennungszeichen?", fragte ich und versuchte, ihrem Gedächtnis auf die Sprünge zu helfen, bevor es mit der Zeit noch mehr getrübt wurde und verblasste.

„Nein. Ich erinnere mich an nichts Besonderes."

„Was ist mit Gesichtsbehaarung?", fragte ich. „Hat er eine Brille getragen? Irgendwelche Tattoos?"

„Auf jeden Fall keine Brille. Ich habe ihm in die Augen gestochen, als ich versuchte, ihm zu entkommen. Ich erinnere mich nicht an Gesichtsbehaarung oder Tätowierungen."

„Das ist gut", sagte ich.

Aidan kramte sein Handy hervor und rief das örtliche Sheriffsdepartment an. Wir mussten die Entführung melden und hoffentlich ein Team zusammenstellen, das die Gegend mit einem Hubschrauber absucht, um den weißen Lieferwagen zu finden.

Nachdem er aufgelegt hatte, begegnete ich seinem Blick. „Finde Ariella. Sie und Declan sollen eine Liste aufstellen, in der wir alle Namen eintragen und herausfinden können, wer noch vermisst wird."

„Wer ist Ariella?", fragte Harper.

„Eine von uns, Teil des Eagle Tactical Teams", sagte ich, ohne weiter darauf einzugehen.

Harpers Augen weiteten sich, als sie in Richtung des Parkplatzes zeigte. „Lange dunkle Haare, ungefähr so groß und so gebaut wie ich?"

Ich zog mein Handy aus der Tasche.

„Hast du ein Foto von ihr?", fragte sie.

„Schon dabei", sagte ich und entsperrte mein Handy.

Ich öffnete die Fotos und scrollte durch ein paar von Izzie, bevor ich auf einem landete, auf dem Ariella Izzie die Haare flechtet, während sie zusammen auf dem Sofa sitzen.

„Hier." Ich hielt den Atem an und hoffte, dass es jemand anderes war, der entführt worden war und nicht sie.

Harper tippte auf den Bildschirm des Telefons. „Das war definitiv das Mädchen, das sie in den Van getragen habe."

Ich blätterte in meinem Handy und öffnete einen Webbrowser, bevor ich Benjamin Ryan eintippte.

Könnte er in Breckenridge aufgetaucht sein?

Er hatte in den Nachrichten gesagt, dass er wieder mit seiner Frau zusammenkommen würde, aber diese Art von Wiedersehen hatte ich nicht erwartet.

Hatte er in der Vergangenheit Anzeichen von Gewalt gezeigt?

Ariella hatte es mir gegenüber nicht erwähnt. Sie hatte deutlich gemacht, dass es zwischen ihnen vorbei war.

War das der Grund dafür gewesen?

„Was ist mit diesem Kerl? War er derjenige, der den Van gefahren hat?" Ich zeigte Harper mein Handy-Display mit einem Bild von Benjamin Ryan. Es war nicht schwer gewesen, sein Fahndungsfoto ausfindig zu machen.

Harper nickte. „Du weißt, wer es ist?" Sie schien erleichtert aufzuatmen. „Das heißt, du kannst helfen, sie zu finden, richtig?"

„Ja, ich weiß von ihm. Ich habe ihn aber noch nie getroffen." Ich habe mich auch nicht darauf gefreut, ihn jetzt zu treffen. „Du solltest zurück ans Set gehen. Ich muss telefonieren und mich um ein paar Dinge kümmern."

„Okay", sagte Harper.

Die Nachricht, dass wir wissen, wer das vermisste Mädchen ist und wer es entführt hat, schien sie zu beruhigen und weniger zu stressen.

Ich fühlte mich kein bisschen besser, als ich erfuhr, dass Ariella von Benjamin entführt worden war.

Wo zum Teufel hatte er sie hingebracht?

Hatte er sie unter Drogen gesetzt?

Sie wäre nicht freiwillig mit ihm mitgegangen. Harper hatte erwähnt, dass Ariella bewusstlos gewesen war.

Ich schritt über die Wiese, weg von den Anhängern und den lauschenden Ohren, bevor ich Lincoln anrief.

„Was gibt's?"

„Entschuldige, dass ich dich störe. Das würde ich nicht tun, wenn es nicht ein absoluter Notfall wäre, aber du musst herkommen und meine Schicht übernehmen. Ariella ist entführt worden."

Das Gewicht eines Felsblocks, der sich tief in meinem Magen festgesetzt hatte, machte mir das Atmen schwer.

„Langsam, Monroe", sagte Lincoln und meinte damit meinen Nachnamen. „Bist du sicher, dass sie nicht einfach nur einen Spaziergang machen wollte?"

Ich schüttelte den Kopf und vergaß dabei, dass Lincoln mich nicht sehen konnte. Mit einer Grimasse antwortete ich ihm schließlich und trat gegen einen Stein, der im Gras lag. „Harper hat gesehen, wie sie auf den Rücksitz eines weißen Lieferwagens geschoben wurde."

Ich konnte nicht einfach herumstehen und gehen, während ich einen Job hatte. Das konnte ich erst tun, wenn wir zusätzlichen Schutz hatten.

Was, wenn Benjamin ein Ablenkungsmanöver war?

„Scheiße. Ich fahre jetzt dorthin. Unterwegs rufe ich Mason an und frage ihn, ob er mit seinem Termin fertig ist und wie es ihm ergangen ist."

„Danke." Ich wollte Mason nicht belästigen, aber ich war mir ziemlich sicher, dass er wissen wollte, was los war.

In der Ferne heulten Sirenen. „Der Sheriff sollte jeden Moment vorbeikommen."

„Gut. Ich bin etwa in zwanzig Minuten da. Wenn die Dreharbeiten für heute beendet sind, wird der Rest des Teams vorbeikommen und bei der Suche helfen. Halt uns auf dem Laufenden", sagte Lincoln.

„Mach ich." Ich beendete den Anruf und steckte das Telefon zurück in meine Tasche. Ich war erleichtert, als ich einen Streifenwagen herankommen sah.

———

Der Sheriff gab eine Fahndung nach dem weißen Lieferwagen heraus und teilte mit, dass der Entführer Benjamin Ryan als bewaffnet und gefährlich gilt und eine Geisel hat.

Aiden musste sich in jeden Datensatz und jedes Konto von Ben einhacken, um herauszufinden, wohin er Ariella entführt haben könnte.

Lincoln fuhr auf den Parkplatz und parkte seinen Truck. Er eilte herbei. „Gibt es etwas Neues?"

„Noch nicht", sagte ich, während wir uns um den Streifenwagen herum bewegten.

„Hat sie ihr Telefon dabei?", fragte Lincoln.

„Wenn ja, ist es ausgeschaltet und der Akku wurde aus dem Gerät entfernt. Es sendet kein Signal, wenn wir versuchen, auf ihr Telefon zuzugreifen." Wir hatten alles Herkömmliche ausprobiert. „Ben ist nicht der Typ, der Lösegeld für sie fordert."

Sheriff Nelson räusperte sich. „Wie kommst du darauf?"

„Ich habe Ariella aus beruflichen Gründen überprüft, als sie hierhergezogen ist", sagte ich, um klarzustellen, dass ich das nicht aus einem anderen Grund getan hatte. Ich war kein Fiesling. Wir waren beauftragt worden, für das Blue Sky Resort ihre Vergangenheit zu untersuchen. „So habe ich herausgefunden, dass sie mit Ben Ryan in Beziehung steht."

Ich rieb mir den Nacken. Ich mochte Ben immer noch nicht, und das war, bevor er seine Ex-Frau entführt hatte. Angeblich hatte er Hunderten von ahnungslosen Menschen Geld gestohlen, darunter auch mir.

„Derselbe Ben Ryan, der wegen Betrugs verhaftet und verurteilt wurde?", fragte Sheriff Nelson.

Nachrichten verbreiten sich schnell und weit.

„Ja, aber er wurde freigelassen."

„Wegen guter Führung? Wie lange hat er gesessen, ein Jahr?"

„Das bezweifle ich. Etwas mit neuen Beweisen und dass die Anklage fallen gelassen wurde. Die Verurteilung wurde aufgehoben."

Ich hatte die Einzelheiten noch nicht gelesen. Ich war zu Hause mit einem Kleinkind beschäftigt, das mir die meiste Zeit stahl, wenn ich nicht auf der Arbeit war.

„Warte", sagte er, als er an sein Telefon ging und sich für einen Moment entfernte.

Ich wollte ihm nachlaufen, um herauszufinden, was besprochen wurde, aber was würde das bringen? „Wie geht es Harper?", fragte Lincoln.

„Es geht ihr gut. Sie filmt gerade eine Szene", sagte ich und deutete auf das Set. Sie war die letzte Person, an die ich im Moment dachte.

Sheriff Nelson kam zu uns herüber. „Wir haben einen möglichen Aufenthaltsort. Sein Telefon ist zwar ausgeschaltet, aber er hat seine Kreditkarte benutzt. Er hat gerade im Blue Sky Resort eingecheckt."

Ist das dein Ernst?

Könnte er ein noch größerer Idiot sein? Das bedeutete zumindest, dass sie nicht weit weg waren.

„Ich fordere Verstärkung an", sagte der Sheriff, „und wir fahren mit ausgeschalteten Lichtern und Sirenenhin . Willst du mit mir fahren oder deinen Truck mitnehmen?"

„Ich fahre mit dir." Ich wollte nicht zugeben, dass ich die Schlüssel für meinen Truck nicht dabei hatte. Ich hatte sie Ariella am Morgen gegeben. Das waren Informationen, die der Sheriff nichtbenötigte , aber es würde Fragen geben, wenn ich ihr Auto zum Resort fahren würde.

„Lass uns wissen, was passiert", sagte Lincoln. Er klopfte mir auf die Schulter, bevor er zum Set schlenderte.

Ich sprang auf die Beifahrerseite des Streifenwagens und der Sheriff fuhr vom Parkplatz auf die Hauptstraße in Richtung Resort.

Mein Fuß klopfte unruhig gegen den Boden des Fahrzeuges.

„Wir sind bald da", sagte er. Er schaltete die Scheinwerfer ein, um den Verkehr zu beschleunigen, ließ aber die Sirene aus.

Als wir uns der letzten halben Meile näherten, schaltete er das Licht aus und fuhr mit einem halben Dutzend anderer Streifenwagen hinter uns auf den Parkplatz.

Wir mussten vorsichtig sein.

Das letzte Mal, als wir alle hier waren, hatte es eine Geiselnahme gegeben, auch wenn es anders war, wollte ich nicht, dass Ariellas Leben noch einmal in Gefahr geriet.

„Ich sollte dich im Auto warten lassen", sagte Sheriff Nelson. Er trat nach draußen und ich folgte ihm.

Das letzte Mal hatte ich ihn verärgert, weil ich ohne nachzudenken hineingestürmt war, um Ariella und Hazel zu retten.

Ich war leichtsinnig gewesen, aber ich hatte getan, was ich tun musste, und ich bereue es nicht.

„Lass es mich nicht bereuen, dass ich dich mitgenommen habe."

KAPITEL ACHT

ARIELLA

Ich blinzelte mehrere Male und öffnete meine Augen. Meine Sicht schwamm und mein Magen drehte sich.

„Gut, du bist wach."

Ich öffnete den Mund, um zu verkünden, dass mir schlecht werden würde, als Ben mir einen kleinen Mülleimer mit einer Wegwerf-Einkaufstüte aus Plastik hinhielt.

War es so offensichtlich?

Ich wischte mir die Schweißperlen von der Stirn und setzte mich auf. Dabei drehte sich der Raum.

Ich schloss die Augen und umklammerte die kleine Tonne, bevor mein Mittagessen von vorhin hochkam.

Was hatte er hier zu suchen?

Wo war ich? Die Sonne war noch nicht untergegangen. Wie spät war es?

Hatten Jaxson und die anderen gemerkt, dass ich verschwunden war?

„Dir wird es bald besser gehen", sagte Ben und legte seine Hand auf meinen Arm, um ihn sanft zu streicheln, was meinen Magen zum Überschlagen brachte.

Ich zuckte vor seiner Berührung zurück. „Ben", röchelte ich, meine Stimme war rau, mein Mund trocken.

Ich wollte aufstehen und weglaufen, weg von meinem Ex-Mann. Ich hatte gehört, dass er aus dem Gefängnis entlassen worden war und dass seine Verurteilung aufgehoben worden war. Offenbar war Benjamin nicht für den Diebstahl von Millionen von Dollar und zahllose andere Finanzverbrechen verantwortlich.

Ich wusste nicht, dass er ein Kidnapper war.

Er steckte voller Überraschungen.

Ich schätze, das waren wir beide.

Es war mir egal, ob er schuldig war oder nicht, ich wollte nicht mit ihm zusammen sein, und die

Tatsache, dass er mich unter Drogen setzte und mich dorthin schleppte, wo auch immer wir waren, änderte nichts an meiner Meinung.

War ich in einem Hotelzimmer? Das Schlafzimmer kam mir seltsam bekannt vor. Ein Gefühl von Déjà-vu überkam mich wie Nebel.

Ben war ein Idiot. Wenn er mich in ein Hotel gebracht hatte, musste er eine Kreditkarte benutzen. Die Jungs von Eagle Tactical konnten ihn aufspüren und mich finden, hoffentlich bevor es zu spät war.

„Gut, du siehst schon viel wacher aus." Er packte meinen Arm und band den Stoff um mein Handgelenk, um mich an den Bettpfosten zu fesseln.

„Ben." Meine Stimme klang warnend, während ich darum kämpfte, meinen linken Arm von ihm fernzuhalten. Ich stand immer noch unter starken Beruhigungsmitteln, die es mir fast unmöglich machten, mich zu wehren. „Tu das nicht, bitte. Lass mich los!"

Ich bezweifelte, dass ich rennen könnte, selbst wenn ich auf die Beine käme.

Er schnaubte leise vor sich hin. „Dich gehen lassen?" Er kletterte auf die Matratze und spreizte meinen Körper, um mich davon abzuhalten, mich zu wehren.

Ben drückte meinen anderen Arm nach unten und fesselte mich an den gegenüberliegenden Bettpfosten. „Ich habe vor, ein wenig Spaß mit dir zu haben. Ist es nicht das, was du mit mir gemacht hast? Vorgetäuscht?"

„Wovon redest du?" Ich zuckte mit den Schultern und versuchte, seinem fauligen Atem und seinem Körper, der mich überragte, zu entkommen.

Meine Hände waren gefesselt, obwohl ich meine Beine noch benutzen konnte, war ich viel zu schwach, um viel zu tun. Ich würde ihm bald völlig ausgeliefert sein.

Was hatte er mit mir vor?

Würde er mich töten?

Er drückte sein Gewicht gegen meins, setzte sich hin und drückte mich weiter in die Matratze. Ben beugte sich herunter, sein Atem war heiß an meinem Ohr, in seiner linken Hand hielt er ein Messer. Wenn er dachte, er würde mich erregen, lag er völlig falsch.

Er zog die Klinge an meine Wange, als er mir Blut abzapfte.

Ich zuckte zusammen, aber ich schrie nicht.

„Du hast vergessen zu erwähnen, dass du Informant bist." Benjamin zog sich zurück und starrte auf mich herab.

Ich wusste nicht, was ich sagen sollte.

Ich hätte nie gedacht, dass er es herausfinden würde.

„Ich habe endlich herausgefunden, wie ich dich sprachlos machen kann. Es ist wirklich eine Schande, dass ich die Wahrheit im Gefängnis erfahren musste." Er zog die scharfe Spitze der Klinge an meinem Hals hinunter und zu meinem Dekolleté.

Diesmal hat er kein Blut abgenommen, sondern nur die Oberfläche angekratzt.

Mein Mund fühlte sich an, als ob er mit Wattebäuschen gefüllt wäre. Ich leckte mir über die Lippen. „Kann ich etwas Wasser haben?" Was auch immer er mir zur Beruhigung gegeben hatte, es machte mich durstig.

Vielleicht konnte ich ihn austricksen, damit ich etwas Wasser trinken oder auf die Toilette gehen durfte.

Ich wollte, dass er mich in Ruhe lässt.

Er schaute mich an. Seine Augen verengten sich, als er mich anstarrte. „Das glaube ich nicht."

„Bitte." Meine Stimme war leise, als ich ihn anflehte.

Er zerriss meine Bluse mit der Klinge und überließ mich seiner Gnade.

„Ben, bitte hör auf." Die kühle Luft im Hotelzimmer ließ mich zittern, und mein spitzen besetzter, purpurroter BH kam zum Vorschein, als er den Stoff anfasste. „Ben. Lass mich los!"

„Glaubst du wirklich, du hast das Sagen?" knurrte Ben.

Ich wich zurück, konnte mich aber wegen der Fesseln nicht weiter wegbewegen. Ich zappelte, um mich zu befreien, aber er hatte ein Messer und ich war an die Bettpfosten gefesselt.

„Du willst die Wahrheit." Ich starrte ihn an, als die Wirkung des Beruhigungsmittels nachließ. Meine Handgelenke schmerzten an den Stellen, an denen er sie über meinem Kopf gefesselt und gespreizt hatte. „Lass mich frei und ich werde dir alles erzählen."

„Ich habe dich nicht hierher geschleppt, um mich anlügen zu lassen !" Ben sprang von dem Bettgestell und schnappte sich eine Kristallvase. Er warf sie quer durch den Raum, sodass sie an der Wand zerschellte.

Ich holte langsam und gleichmäßig Luft. „Du hast recht", sagte ich. „Ich schulde dir die Wahrheit." Zumindest etwas von dem, was er für die Wahrheit hielt.

Würde es ihm reichen, mich gehen zu lassen?

Ich bezweifelte, dass er mich freilassen würde.

Als die Müdigkeit aus meinem Kopf wich, erkannte ich das Zimmer. Wir waren in einem Hotel: Blue Sky Resort, wenn ich mich nicht irrte.

Ich hasste diesen verdammten Ort. Es schien, als würde dort immer etwas Schlimmes passieren, dabei war es nicht einmal ein beschissenes Motel.

Vielleicht sollten sie ihr eigenes Sicherheitsteam einstellen.

„Ich warte", sagte Ben. Er verschränkte die Arme vor der Brust.

Meine Wange stach, aber ich musste den Schmerz ignorieren, wenn ich hier lebend herauskommen wollte. Wenigstens hat er nur etwas durch den Raum und nicht auf mich geworfen.

Das würde er tun, wenn er die Wahrheit herausfindet.

KAPITEL NEUN

LINCOLN

„Lincoln!" Harper winkte mir von der anderen Seite der Bühne zu, als ich am Eingang stand.

Ich hatte in den letzten paar Stunden den Ein- und Ausgang bewacht, seit Jaxson mit dem Sheriff losgefahren war.

Ich hatte mein Bestes getan, um Harper aus dem Weg zu gehen, während sie den Film drehte.

Ertappt.

Sie kam zu mir herüber. Ein breites Grinsen erhellte ihr Gesicht. „Ich dachte, ich sollte dir eine SMS schicken, wenn ich von der Arbeit komme. Konntest du es nicht erwarten, mich zu sehen?", fragte Harper.

Sie sah fröhlich und unbeschwert aus.

Die Arbeit schien sie tatsächlich in eine fröhliche Stimmung zu versetzen, was mir nichts ausmachte. Das bedeutete, dass sie heute Abend leicht zu handhaben sein würde, zumindest in Bezug auf die Bodyguards. Ich hätte sie gerne anders behandelt, aber das stand nicht zur Debatte.

„Du siehst toll aus", sagte ich und versuchte, das Thema zu wechseln.

Wenn sie noch nicht gemerkt hatte, dass ich zu Eagle Tactical gehörte, wollte ich nicht, dass sie es jetzt herausfindet. Schließlich durfte ich ihr nicht sagen, dass ich als ihr persönlicher Bodyguard eingesetzt war.

Was, wenn sie es selbst herausfindet? Ich war mir ziemlich sicher, dass der Vertrag klar formuliert war. Ich konnte ihn zwar nicht ausplaudern, denn ich hatte den Vertrag nicht unterschrieben. Jaxson Monroe hatte das für das Team getan.

„Danke", sagte Harper mit leicht geröteten Wangen, kaute auf ihrer Unterlippe und schaute weg. Sie strich sich eine Haarsträhne hinters Ohr. „Wir sind für heute eigentlich fertig mit den Dreharbeiten."

„Gut." Ich wusste, dass sie fertig waren; unsere Schicht hätte eigentlich vor fünfzehn Minuten enden sollen, aber ich wollte nicht gehen, bevor ich nicht zweifelsfrei wusste, dass sie in Sicherheit war. „Wie wäre es, wenn wir zum Abendessen gehen und auf dem Rückweg dein Auto abholen?

Harper schob ihren Arm in meinen. „Das klingt spannend. Was hast du für uns geplant? Ich hoffe, es ist etwas Unauffälliges. Ich habe keine Lust, dass die Boulevardpresse mein Telefon oder die sozialen Medien mit der Schlagzeile 'Harper hat noch einen heißen Typen an Land gezogen' überschwemmt."

Ich gluckste. „Ich weiß nicht. Das klingt doch gar nicht so schlecht." Ich lehnte mich dicht an ihr Ohr und küsste sie, während wir gemeinsam zu meinem Truck gingen. „Du findest mich also heiß?"

Sie schluckte und blickte einen Moment lang still und gedankenverloren zur Seite.

Dachte sie über die Entführung nach?

Sie hatte sie vorhin gesehen, war nicht nur Zeugin, sondern fast sein nächstes Opfer.

Harper hatte mir gegenüber kein Wort darüber verloren, obwohl ich sie direkt fragen wollte, konnte ich es nicht. Nicht, ohne dass sie wusste, dass ich vom Studio angeheuert wurde.

Ich musste vorsichtig vorgehen. Ich mochte sie und wollte sie nicht verletzen.

„Geht es dir gut?", fragte ich.

„Es ist nur...", begann sie und stockte dann. Ihr Mund schloss sich und ihr Magen grummelte. Harper zeigte auf die Tür zu meinem Truck. „Wie wäre es, wenn wir essen gehen?"

Sie vermied es, darüber zu sprechen, was passiert war.

Ich wollte von ihr hören, was sie fühlte und wie sie damit zurechtkam.

Meine Vermutung war, dass es ihr nicht besonders gut ging.

Obwohl sie sich am Set gut geschlagen hatte, lag ich vielleicht falsch, und ihre Art, mit dem Angriff umzugehen, bestand darin, sich in ihren Job zu stürzen.

Mit diesem Trick kannte ich mich aus.

Ich schloss die Tür auf, ging um sie herum und bot ihr meine Hand an, damit sie auf den Beifahrersitz klettern konnte. Als sie saß und ihre Beine in den Track schwang, schloss ich die Tür und eilte zur Fahrerseite.

„Wie war dein Tag?", fragte Harper.

Ausweichmanöver.

Vielleicht hätte ich nicht so schockiert sein sollen, dass sie sich auf mich konzentrierte und das Thema von sich und dem, was sie heute erlebt hatte, fernhielt.

Wie sollte ich sie dazu bringen, sich mir zu öffnen, ohne ihr etwas über mich anzuvertrauen?

„Mal sehen", sagte ich und ließ den Motor des Trucks an. „Ich hatte eine schöne, heiße Tasse Kaffee, die mir niemand gestohlen hat." Ich schaute sie an und ihre Augen weiteten sich, bevor sie in Gelächter ausbrach.

„Du hast es echt drauf, Hübscher."

Ich lachte leise, denn sie hatte mich mit ihrem Kompliment überrumpelt. „Nach meiner heißen Tasse Kaffee", sagte ich und beendete meinen Gedanken, „habe ich mich entspannt, bis ich unerwartet zur Arbeit gerufen wurde."

Harper stieß einen lauten Atemzug aus. „Das ist ein Mist. Genug von der Arbeit. Kannst du mich an einen Ort bringen, wo wir die Sterne sehen können? Ich wohne in der Stadt und zu Hause gibt es immer so viel Lichtverschmutzung."

„Klar, das können wir machen, nachdem wir einen Happen gegessen haben. Bis dahin wird die Sonne untergegangen sein." Ich kannte genau den richtigen

Ort, der abgelegen und wunderschön war, um sie mitzunehmen.

———

Wir aßen zu Ende und danach fuhr ich den Bergpass hinauf in Richtung meines Hauses.

Ich passierte die Straße zu meinem Haus und fuhr weiter nach Norden zu einer Lichtung, von der ich wusste, dass sie verlassen sein würde.

„Du weißt wirklich, wie man sich ein ruhiges Plätzchen aussucht. Du hast doch nicht vor, mich hier oben zu ermorden, oder?", scherzte Harper.

Ich stellte den Motor ab und trat in die Dunkelheit hinaus. Ich ließ die Scheinwerfer kurz an, während ich mir eine Decke vom Rücksitz holte und sie zum Sitzen auslegte. „Setz dich."

Sie schlenderte zu der Decke und setzte sich.

Ich schaltete das Licht am Truck aus und setzte mich in der Dunkelheit neben sie.

„Das ist schön", sagte sie und legte sich auf die Decke. Sie starrte in den Nachthimmel, der in der Ferne von glitzernden Sternen gesprenkelt war.

Ich drehte mich um und legte mich neben sie. Ich beugte meine Knie, als ich in die dunkle Vergessenheit starrte. „Das ist es", sagte ich.

Ich ließ die Stille über uns hereinbrechen und lauschte stattdessen den leisen Atemzügen, die von ihren Lippen kamen.

Einige Minuten vergingen, während wir nach oben starrten.

„Ich dachte, ich müsste heute sterben", flüsterte Harper. Ihre Stimme war sanft, aber kristallklar.

Ich griff nach ihrer Hand.

Ich sollte ihr nicht zu nahe kommen. Ich durfte keine Gefühle für eine Kundin haben. Ich hatte sie vor unserer Einstellung kennengelernt, aber war das wichtig?

Ich drückte zaghaft ihre Hand.

Sie drehte sich auf die Seite und rollte sich an mich heran.

Ich zog sie an mich, um sie zu schützen und von der Welt, um uns herum abzuschirmen.

„Willst du darüber reden?", fragte ich. Ich wollte nicht neugierig sein oder sie zwingen, über das Geschehene zu reden, aber wenn sie sich mir anvertrauen wollte, würde ich für sie da sein.

Sie kaute auf ihrer Unterlippe und das Mondlicht warf einen sanften, blauen Schimmer auf ihre Gesichtszüge. „Ich schätze, du hast noch nichts von der Entführung heute am Set gehört. Ein Mädchen wurde auf dem Parkplatz entführt. Offenbar gehörte sie zu dem Sicherheitsteam, das vom Filmstudio angeheuert wurde."

Ich hielt meine Zunge im Zaum, um nicht zu viel zu verraten. Stattdessen hielt ich sie fest und hörte zu, was sie zu sagen hatte.

„Auf dem Weg zum Mittagessen wurde ich Zeuge, wie ein Typ ein Mädchen zu seinem Van trug. Es sah seltsam aus. Es fühlte sich falsch an. Alles daran, Lincoln. Mein Magen war wie verknotet. Sie hat sich nicht bewegt. Sie war nicht wach. Soweit ich weiß, ist sie tot. Er hat mich in den Van gezwungen, aber ich wollte nicht mit ihm gehen."

Ich konnte nicht länger ruhig bleiben. „Aber du hast gegen ihn gekämpft."

„Das habe ich", sagte Harper und nickte eifrig. „Ich habe ihm die Augen ausgekratzt . Ich stürzte mich auf ihn und warf mich aus dem Wagen. Ich wollte dem

Mädchen, das dort lag, helfen, aber ich konnte nicht."
Ihre Stimme wurde brüchig.

„Du hast dich selbst gerettet, und daran ist nichts
auszusetzen", sagte ich und schob die langen Strähnen
aus ihrem Gesicht in ihren Nacken. Meine Finger
tanzten über ihre Haut. „Du warst mutig und konntest
durch deine Flucht Hilfe holen und die Polizei über
den Vorfall informieren.

Sie atmete leise aus und lehnte ihren Kopf an meine
Schulter. „Ja. So habe ich noch nie darüber
nachgedacht."

„Nun, das solltest du aber. Es war gut, dass du nicht
mit ihm mitgegangen bist. Ihn abzuwehren, hat dir
wahrscheinlich das Leben gerettet."

Ich wusste zwar, wer der Täter war, aber ich wusste
nicht, was seine Motive waren und ob er zu einem
Mord fähig war.

Ben hatte Ariella aus einem bestimmten Grund
entführt, aber Harper wäre nutzlose gewesen.

Er hätte keinen Grund gehabt, sie am Leben zu lassen.

Harper zitterte in meinen Armen. „Wie wäre es, wenn
wir zurückgehen?" schlug ich vor. Ich hatte keine
Jacke, die ich ihr leihen konnte.

Meine Aufgabe war es, auf sie aufzupassen, und das gelang mir nicht besonders gut, wenn sie im Wald fror.

„Nur noch eine Minute?", flüsterte sie, ihre Aufmerksamkeit nicht im Geringsten auf den Nachthimmel gerichtet.

Ihre warme Hand ruhte auf meiner Brust, und einen Moment später spreizte sie mich, und ihr Mund bedeckte meinen.

KAPITEL ZEHN

HARPER

Ich war nicht die Art von Mädchen, das beim ersten Date küsst.

Nun, technisch gesehen war das hier Date Nummer zwei mit Lincoln. Aber ich war auch nicht der Typ für drei Verabredungen.

Ich bin die Dinge immer langsam angegangen.

Das hätte mir niemand geglaubt, wenn man die Artikel der Boulevardzeitungen und Bilder gesehen hätte, die aufgetaucht sind.

Das Mädchen auf diesen Fotos war nicht ich. Nun, körperlich war ich diejenige, die fotografiert wurde, aber ich war nicht die, die ich war oder werden wollte.

Das war nicht ich.

Ich war jung, naiv und betrogen worden.

Mit Lincoln fühlte sich alles anders an. Mein Herz klopfte wie wild gegen meine Brust und schlug schneller, als sich unsere Lippen trafen.

Ich lehnte mich zuerst vor. Ich ergriff die Initiative und kletterte über ihn.

Seine Hände schmiegten sich um meine Taille. Seine Finger streichelten meinen unteren Rücken und schoben mein Hemd ein wenig hoch. Die sanften Berührungen seiner Fingerspitzen lösten eine Reaktion aus, die meinen Körper in Brand setzte, wild und lebendig.

„Harper", murmelte er.

Ich wollte meine Hüften gegen seine stemmen, aber ich hatte immer noch einen Anflug von Selbstbeherrschung, wenn auch nur ein winziges bisschen.

Sie verblasste schnell.

Ich stöhnte, als wir uns küssten, und meine Zunge kitzelte seine Lippen auseinander, weil ich sie weiter erforschen wollte.

Ich wollte ihn, und ich war mir ziemlich sicher, dass er mich auch wollte.

„Wir können nicht", sagte er.

Meine Augen blitzten auf, und ich zog mich zurück.

Ich brannte.

Warum können wir das nicht? „Bist du verheiratet?" Ich war ein Idiot, weil ich glaubte, dass ein netter, gut aussehender Typ wie er noch Single und verfügbar war.

„Nein, ich bin nicht verheiratet", sagte er.

„Verlobt?" Ich war nicht die Art von Mädchen, die eine Ehe oder eine Verlobung auseinander bringt.

Es war töricht gewesen, mich Lincoln an den Hals zu werfen.

Ich kletterte von ihm herunter, schlang meine Arme um mich und eilte zu seinem Truck.

Ich setzte mich auf den Beifahrersitz und wartete darauf, dass er mich zurück zum Parkplatz des Studios fuhr, wo ich mein Auto abholen konnte.

Ich wollte ihn nie wieder sehen.

Er schnappte sich draußen die Decke, faltete sie zusammen, bevor er die Hintertür des Trucks öffnete, und sie wahllos hineinwarf.

Ich riss an dem Sicherheitsgurt und ließ ihn einrasten. Ich verschränkte die Arme vor der Brust, starrte aus dem Seitenfenster und weigerte mich, mit ihm zu sprechen.

Lincoln öffnete die Fahrertür und stieg ein, aber er startete den Truck nicht. Stattdessen saßen wir schweigend nebeneinander.

„Ich bin nicht verheiratet und nicht verlobt."

Es interessierte mich nicht mehr, was er war oder nicht war. Ich warf ihm einen bösen Blick zu. „Du fühlst dich also nicht zu mir hingezogen? Wie soll ich mich dadurch besser fühlen?"

Lincoln stieß einen schweren Seufzer aus.

„Was?" Ich war mir nicht sicher, ob ich das überhaupt wissen wollte, aber jetzt, wo er mir klar gemacht hatte, dass ich das Problem war, war ich wütend.

Er ließ den Motor an. „Ich fühle mich zu dir hingezogen", murmelte Lincoln leise vor sich hin . „Mein Schwanz hält einfach nicht die Klappe."

KAPITEL ELF

JAXSON

Der Sheriff ging zuerst ins Innere des Resorts und sprach mit dem Angestellten an der Rezeption und dem Sicherheitspersonal, das mehr wie ein Hilfspolizist aussah als alles andere. Sie waren wertlos und hätten gefeuert werden müssen.

In der Annahme, dass sie in der Suite war, befanden sie sich im ersten Stock, den Flur hinunter, aber der Angestellte hatte niemanden, der auf eine der beiden Beschreibungen passte, durch die Eingangstür kommen sehen.

Das hatte nichts zu bedeuten. Es gab zahlreiche Ein- und Ausgänge für das Resort.

Wenn Ben hier gewesen wäre, wäre er nicht mit einer bewusstlosen Frau durch die Vordertür hereingestürmt. Er wollte keinen Verdacht erregen.

Ben mag ein erstklassiges Arschloch sein, aber ich bezweifelte, dass er ein kompletter Idiot war.

Hatte er einen Plan?

Wollte er Ariella entführen, sie zwingen, ihn wieder zu heiraten, ihre Meinung ändern und sie zurückgewinnen?

Mein Magen überschlug sich bei dem Gedanken, dass Ben sie irgendwo anfassen könnte.

Ich würde ihn umbringen, wenn er ihr etwas antut.

Sie gehörte mir.

Ich hätte sie beschützen, und sie im Auge behalten müssen. Es war kein Geheimnis, dass Ben verkündet hatte, dass er sie suchen würde. Ich hatte nur nicht die geringste Ahnung, was das zu bedeuten hatte.

Schuldgefühle machten sich in mir breit.

Ich hätte das verhindern können, bevor es überhaupt angefangen hatte.

Ich hätte auf Ariella einen Sicherheitsdienst ansetzen müssen.

Auch wenn sie mich hassen würde wenn sie es herausgefunden hätte, wäre es ihre Wut auf mich wert gewesen, zu wissen, dass sie in Sicherheit ist.

Die Beamten drängten die Gäste zurück in ihre Zimmer, während das Sondereinsatzkommando die Tür zum Hotelzimmer aufstieß und hineinplatzte.

Ich folgte ein paar Meter hinter ihnen und sah Ariella, die gefesselt auf dem Bett lag, mit zerschlagenem Gesicht und blutiger Wange. Ihr Hemd war zerrissen, ihr roter Spitzen-BH lag frei.

Ich band ihre Hände los und sie zog ihr Hemd zu, das sie in den Händen zusammengerollt hatte.

Das Sondereinsatzkommando und die begleitenden Beamten räumten den Tatort.

Ein zerbrochenes Fenster neben dem Bett wies eine Blutspur auf.

Der Vorhang wehte im Wind.

„Er wusste, dass du kommst", flüsterte Ariella und ihre Unterlippe zitterte. „Es ist noch nicht vorbei."

———

Declan holte Izzie von der Kita ab.

Es war schon spät, als wir nach Hause fuhren.

Ariella musste noch ihre Aussage beim Sheriff machen und dann mussten wir zurück zum Parkplatz fahren, um meinen Truck zu holen. Sie gab mir die Schlüssel, aber ich behielt ihre.

Ich wollte sie nicht zurück zum Haus fahren lassen. Wir würden morgen zur Arbeit fahren, wenn sie Lust dazu hatte.

Die Sonne begann, hinter dem Horizont zu verschwinden, aber es war noch nicht dunkel.

Ariella blieb still, als ich nach Hause fuhr.

Declans Auto stand draußen vor der Tür. Skylar war immer noch nicht zu Hause, aber sie war erwachsen. Wir hatten uns noch nicht darüber unterhalten, wie lange Skylar noch bleiben wollte. Sie hatte deutlich gemacht, dass sie die Stadt nicht verlassen würde, aber ich hatte ihr auch keine offene Einladung ausgesprochen, bei mir einzuziehen.

Das war ein Gespräch für einen anderen Tag. Wenn es so weitergeht, eine weitere Woche.

Andere Dinge hatten Vorrang, wie Ariella zu beschützen und Ben zu finden.

Ariella drückte einen Eisbeutel auf ihre frisch bandagierte Wange.

Ich parkte den Truck in der Einfahrt und stieg aus, um ihr aus dem Auto zu helfen.

Sie hatte sich nicht von der Stelle gerührt.

Ariella reichte mir die Kompresse, die jetzt warm war. Sie stieg aus und ging neben mir her.

Ich schlang einen Arm um ihre Taille, um sie zu beschützen.

In dem Moment, als ich mich der Tür näherte, riss Declan sie auf und begrüßte uns.

„Hey, schön, dass es euch gut geht", sagte Declan. Er trat zur Seite und gewährte uns Einlass in unser Haus. „Ich habe Izzie gerade einen Snack zubereitet."

Ich schloss die Tür und verriegelte sie hinter uns.

Ariella eilte die Treppe hinauf, ohne ein einziges Wort zu sagen.

„Makkaroni mit Käse!", rief Izzie vom Küchentisch herüber. Sie hüpfte von ihrer Sitzerhöhung herunter und rannte mit klebrigen Fingern zur Tür. „Daddy!" Izzie streckte ihre Arme in die Luft, damit ich sie hochheben konnte.

Ich hob sie in meine Arme und umarmte sie wie ein Bär.

Izzie kräuselte ihre Nase und kraulte meine, während sie wild kicherte.

„Bist du sicher, dass du ihr zu den Makkaroni und dem Käse nicht noch einen Teller Zucker gegeben hast?", fragte ich mit einem herzhaften Lachen, bevor ich ihre Füße wieder fest auf den Boden stellte.

Mein kleines Mädchen rannte zum Küchentisch, um ihren Snack zu beenden, der eigentlich eher ein Abendessen war, aber ich wollte nicht über die Semantik streiten. Ich war dankbar für Declans Hilfe.

„Nein, ich habe ihr nur einen Schuss Schnaps in die Milch gegeben", scherzte Declan.

„Natürlich hast du das." Ich zog meine Schuhe aus und hielt ein wachsames Auge auf das Treppenhaus. Ariella war noch nicht wieder nach unten gekommen.

Ging sie Declan und Izzie aus dem Weg, oder war sie nur nach oben gegangen, um zu duschen und sich frisch zu machen?

Ich hatte nicht gehört, dass das Wasser im Bad angestellt wurde.

Declan senkte seine Stimme. „Wie geht es ihr?", fragte er und nickte in Richtung Treppe.

„Sie hat nicht viel gesagt, seit wir sie im Hotel gefunden haben. Der Bastard hat sich durch das Fenster im ersten Stock geschlichen. Es war nicht allzu schwierig."

„Verdammt", murmelte Declan. „Er ist also immer noch auf freiem Fuß?"

Ich stieß einen schweren Seufzer aus. „Ja." Ich musste die Alarmanlage aktivieren, nur für den Fall, dass er auftauchen würde. Ich hätte es sofort getan, als ich nach Hause kam, aber ich vermutete, dass Declan bald abhauen würde.

„Soweit ich gesehen habe, sah sie ziemlich mitgenommen aus", sagte Declan. Er schlüpfte in seine Schuhe und schnappte sich seine Jacke, die er mitgebracht hatte.

Ich stand an der Tür und lehnte mich gegen den Rahmen, die Arme vor der Brust verschränkt. „Ja, er hat sie ganz schön verprügelt, sie angegriffen, ich weiß nicht, ob sonst noch etwas passiert ist."

Ich fuhr mir mit der Hand durch die Haare und ärgerte mich, dass ich nicht früher gekommen war, um sie zu beschützen.

Es war meine Schuld, dass ich sie nicht beschützt und dafür gesorgt hatte, dass sie vor diesem Monster sicher war.

„Mach dir keine Vorwürfe", sagte Declan. „Du konntest nicht wissen, wozu er fähig ist. Ariella hat es dir nie erzählt. Stimmt's?"

Mit zusammengepressten Lippen blickte ich zu Declan auf. Dadurch fühlte ich mich nicht im Geringsten besser. „Richtig."

Ich hätte es kommen sehen müssen.

Es war mein Job, das Unerwartete vorauszusehen, und es war keine Überraschung, dass Benjamin Ryan auf der Suche nach Ariella sein würde.

Ich hatte gedacht, er wäre gekommen, um sie zurückzugewinnen.

„Ich wollte gerade los, aber vielleicht solltest du erst nach Ariella sehen", sagte Declan.

Wenn ich das täte, würden wir vielleicht nie das Schlafzimmer verlassen. Er hatte keine Ahnung, dass wir mehr als nur Freunde waren. „Geh du vor. Ich komme hier schon zurecht."

„Bist du sicher?", fragte Declan.

„Ja. Danke für dein Angebot." Das Letzte, was ich wollte, war, dass er Zeuge von etwas wird, das zwischen uns beiden passiert, nicht dass ich dachte, Ariella und ich würden heute Abend Sex haben. Aber zu sagen, dass es das Letzte war, woran ich dachte, wäre eine Lüge gewesen.

„Ich sehe dich morgen." Declan öffnete die Haustür und trat nach draußen.

Ich beobachtete ihn und wartete, bis er in sein Auto stieg, um die Tür zu schließen und abzuschließen.

Ich schaltete die Alarmanlage ein.

Skylar war immer noch nicht zu Hause, aber sie hatte ihren eigenen Code, um ihn abzuschalten.

„Daddy!" Izzie winkte, um meine Aufmerksamkeit zu erregen, ihre Finger waren mit leuchtend orangefarbener Schmiere bedeckt.

„Sollen wir dich nach oben bringen, damit du dich waschen kannst?" Ich war mir nicht sicher, ob Ariella oben im Badezimmer war oder nicht, aber zumindest konnte ich Izzie im Hauptbad waschen.

„Wo ist Ariella?", fragte Izzie. Es war das erste Mal, dass ich Izzie ihren Namen richtig aussprechen hörte. Sie wurde so schnell erwachsen.

„Sie ist oben. Ariella hatte heute einen anstrengenden Tag." Ich wollte Izzie nicht beunruhigen oder sie erschrecken. Sie brauchte nicht zu wissen, was Ariella durchgemacht hatte. Aber wahrscheinlich würde sie Fragen haben, wenn sie Ariellas blaue Flecken und Schürfwunden im Gesicht sah.

Izzie stapfte spielerisch die Treppe hinauf, jeder Schritt lauter als der vorherige. Ich schüttelte den Kopf und lächelte darüber, wie schön es war, die Gefahren der Außenwelt nicht zu bemerken.

Das stimmte allerdings nicht ganz. Izzie war zusammen mit Ariella als Geisel in meinem Haus festgehalten worden. Es war kein guter Tag gewesen und es hatte Albträume gegeben, ein weiterer Grund, warum Ariella und ich vorsichtig sein mussten, wenn wir ein Bett miteinander teilten.

Ich hasste die Distanz, die ich zwischen uns aufbauen musste, indem ich unsere Beziehung vor Izzie verbarg, aber wie sollte ich meiner Tochter erklären, dass Ariella nicht ihre Mutter war und vielleicht nie eine Mutter für sie sein würde, sondern ein Mädchen, das ich sehr mochte, auch intim? Das war kein Gespräch, das man mit einer Dreijährigen führen sollte.

Ich wusste nicht, was die Zukunft für Ariella und mich bereithält. Die Tatsache, dass wir zusammenarbeiten und unter demselben Dach leben, machte die Sache kompliziert. Noch komplizierter wurde es durch Ariellas Vergangenheit. Sie hatte einen Sohn verloren.

Wollte sie überhaupt eine Vollzeitmutter für Izzie sein?

„Ariella!", quietschte Izzie und stapfte die letzten paar Stufen hinauf, bevor sie den Flur hinunterlief. Die Badezimmertür stand offen, aber das Licht war aus.

Ich ging an meinem Schlafzimmer vorbei, und weiter hinten im Flur war das Gästezimmer, in dem Ariella schlief. Beide Türen waren geschlossen und es gab keine Spur von ihr.

„Komm schon", sagte ich und hob Izzie in meine Arme. Ich ließ sie wie ein Flugzeug vorwärts sausen und gab mit meinen Lippen Geräusche eines Propellers von mir, bevor ich sie auf dem Badezimmerteppich absetzte. Ich knipste den Lichtschalter an und sie zog sich aus, während ich das Badewasser laufen ließ.

Ich badete Izzie und säuberte ihre Arme, Finger und sogar ihre Haare von dem käsigen Unheil, das sich dort angesammelt hatte.

Danach trocknete ich sie ab, zog ihr den Schlafanzug an, fütterte sie mit einem gesunden Snack und las ihr dann eine kurze Geschichte vor, bevor ich sie ins Bett brachte. Ich schaltete ihr Nachtlicht an und verließ leise ihr Zimmer, mit dem Rücken zum Flur.

Ich stieß mit Ariella zusammen.

„Tut mir leid", sagte sie, um sich zu entschuldigen.

Ich griff nach ihren Händen, die an ihren Seiten baumelten. „Du brauchst dich für nichts zu entschuldigen. Wie wäre es, wenn wir nach unten gehen und uns etwas zu essen machen?"

„Ich bin nicht hungrig. Ich wollte gerade ins Bett gehen."

„Du musst etwas essen. Ich schaue mal, ob ich eine Suppe im Gefrierschrank habe." Ich führte sie die Treppe hinunter, meine Hand in ihrer, damit sie sich nicht ins Bett schleichen konnte.

Sie setzte sich still an den Tisch, während ich eine Hühnernudelsuppe aufwärmte. „Du musst das wirklich nicht für mich machen. Ich bezweifle, dass ich überhaupt viel essen kann."

Ich holte einen weichen Eisbeutel aus dem Gefrierschrank, wickelte ein sauberes Handtuch darum und hielt ihn ihr an die Wange.

Sie zuckte zusammen, bevor ich sie überhaupt berührte, und als sie merkte, dass ich ihr nicht wehtun wollte, wich sie zurück.

Ich drückte ihr einen sanften Kuss auf den Kopf, bevor ich mich in die Küche zum Herd zurückzog, um nach dem Abendessen zu sehen. Ich wärmte ein paar Reste von gestern auf, denn Ariella war zwar nicht am Verhungern, aber ich war ausgehungert.

Dreißig Minuten später und nachdem sie zwei Schüsseln Suppe gegessen hatte, legte sie ihren Löffel ab.

„Wow, ich habe mehr gegessen, als ich dachte", sagte sie.

„Gut." Ich räumte das Geschirr ab und schaltete das Licht aus.

Skylar war immer noch nicht zu Hause und ich hatte auch keine SMS von ihr bekommen. Vielleicht hatte sie einen Freund, von dem ich nichts wusste? „Hast du etwas von Skylar gehört?" Ich fragte, weil ich bezweifelte, dass Ariella mehr wusste als ich, aber sie waren beide Mädchen.

Konnten Mädchen nicht reden?

„Nein", sagte Ariella, als sie mir zum Sofa folgte, um sich zu setzen. „Es ist nicht mein Tag, um auf sie aufzupassen."

„Ich sehe, du hast immer noch deinen Sinn für Humor." Ich zog sie auf meinen Schoß, schnappte mir die Decke von der Rückenlehne des Sofas und zog sie um uns herum. „Kann ich etwas für dich tun? Soll ich dir etwas bringen?"

„Nein, das fühlt sich gut an", flüsterte sie und schloss die Augen, als ich meine Arme schützend um sie legte.

„Darum geht es ja", flüsterte ich ihr ins Ohr und lächelte, erleichtert darüber, dass sie sich von mir festhalten ließ.

Ihre Stimme war sanft und zaghaft. „Ich will dir erzählen, was passiert ist, aber du musst mir versprechen, nicht böse zu sein."

Das konnte ich nicht tun, nicht wenn sie meinte, dass sie nicht wollte, dass ich wütend auf Ben bin.

Er hatte sie unter Drogen gesetzt, sie vergewaltigt und wer weiß, was er noch alles getan hätte, wenn wir nicht aufgetaucht wären.

„Ich habe keinen Grund, auf dich wütend zu sein." Ich wollte klarstellen, dass meine Wut nicht auf sie gerichtet war. „Du hast nichts falsch gemacht, Sommersprosse."

„Alles ist meine Schuld."

KAPITEL ZWÖLF

LINCOLN

Ich fuhr Harper zurück zum Studio, um ihr Auto zu holen.

Überraschenderweise hatte uns das Studio nicht gebeten, über Nacht Wache zu halten. Die Wohnwagen der Stars waren zusammen mit der Filmausrüstung verschlossen.

Ich stellte den Motor ab und stieg aus, um sie zu ihrem Auto zu begleiten. Ich wollte sie nicht allein lassen und musste sicherstellen, dass sie ohne Probleme zum Motel zurückkam.

Schließlich war ich immer noch ihr Bodyguard, solange sie nicht in ihrem Motelzimmer war.

„Du musst mich nicht zu meinem Auto begleiten. Ist das nicht irgendwie ein Klischee?" fragte Harper.

„Das sollte ein Gentleman immer tun", sagte ich. Ich ging neben ihr her, ein paar Schritte zu ihrem Mietauto.

Die Spannung zwischen uns hatte zugenommen, seit ich ihr gestanden hatte, dass sie es geschafft hatte, mich anzumachen.

Sie schien von meiner Bemerkung nicht angewidert zu sein, und obwohl ich es mir verkneifen wollte, sollte sie es einfach hören.

Harper hatte sich in den Kopf gesetzt, dass ich kein Interesse an ihr hatte oder nicht verfügbar war, was beides nicht stimmte.

Als wir uns ihrem Auto näherten, drückte ich sie mit dem Rücken gegen die Tür und legte meine Hände auf ihre Hüften. Meine Lippen umspielten ihren Hals, ich küsste sie sanft und langsam und wollte, dass sie wusste, dass ich jeden Zentimeter von ihr begehrte.

Ihre Hände glitten in meine hinteren Hosentaschen und zogen mich näher heran. „Komm mit mir rein."

„Wir sind keine Teenager mehr", sagte ich mit einem herzhaften Lachen.

Sie hatte ein kleines Mietauto. Darin wäre es auf keinen Fall bequem, Sex zu haben, ganz zu schweigen von der Tatsache, dass ich meine Hände bei mir behalten sollte.

Ich habe kläglich versagt.

„Ich meinte meinen Filmtrailer. Ich habe die Schlüssel. Hier sind nur du und ich." Harper wiegte ihre Hüften gegen meine. „Ich mag dich, Lincoln. Das kann ich nicht von vielen Männern sagen, die ich kenne." Sie beugte sich vor und drückte mir einen schnellen Kuss auf die Lippen. „Bitte enttäusch mich nicht."

Wie konnte ich da Nein sagen? Ich wollte sie.

Sie wollte mich.

Warum mussten die Dinge immer so verdammt kompliziert sein?

Ich verschränkte meine Finger mit ihren. „Zeig mir den Weg", flüsterte ich.

KAPITEL DREIZEHN

HARPER

Ich dachte, er würde mich abweisen.

Ich war mir sicher, dass Lincoln sich eine lahme Ausrede einfallen, und mich allein auf dem Feld stehen lassen würde, während er mit seinem Truck davonfuhr und Dreck aufwirbelte.

Er war nicht wie die anderen Typen, mit denen ich zusammen war, die wollten nur eines: Ruhm.

Ich eilte über den Parkplatz und hielt Lincolns Hand fest, als ich ihn zum Wohnwagen des Studios mitzog. Ich kramte meinen Schlüssel hervor und schloss die Tür auf.

Seine Hände lagen die ganze Zeit über auf meinen Hüften, seine Lippen auf meinem Nacken, während er mein Haar zur Seite schob.

„Lincoln", stöhnte ich, während er Dinge mit meinem Hals machte, die meinen Körper erzittern und schwach werden ließen. Dank ihm konnte ich nur mit Mühe stehen.

Als ich über die Schulter zu ihm blickte, musste ich einen Schritt zurücktreten, um die Tür des Wohnwagens zu öffnen, und drückte mich noch fester an seinen Körper.

Ich spürte, wie seine Erregung in mich eindrang, der Beweis seiner Erregung war hart und verheißungsvoll.

Er legte eine seiner großen, festen Hände auf meine Hüfte und führte mich zurück, als ich die Tür öffnete, bevor wir uns hineintasteten und aus den Schuhen schlüpften.

Ich ließ ihn lange genug los, um meine Arme zu heben , mein Hemd über den Kopf zu ziehen und es quer durch den Raum zu werfen.

Lincoln folgte mir, seine Lippen legten sich wieder auf meinen Hals, tauchten in mein Dekolleté und seine Hände an meiner Taille hielten mich fest, während ich zurück auf die Matratze fiel.

Er überragte mich, öffnete die Knöpfe seines Hemdes und ließ sich viel Zeit, während er auf mich hinunterstarrte und einen Moment innehielt, nachdem er sein Hemd aufgeknöpft hatte.

„Was ist los?", flüsterte ich und starrte zu ihm hoch.

Bevor er mir antworten konnte, setzte ich mich auf und schob ihm das Hemd über die Arme. Es fiel in einem Haufen auf den Boden.

Ich knöpfte den Knopf seiner dunklen Jeans auf und öffnete den Reißverschluss, wobei meine Finger über seine Beule streiften.

Lincoln stöhnte, als ich ihn berührte, und er schob seine Jeans zu Boden. Das einzige verbliebene Stück Stoff war seine dunkle schwarze Boxershorts.

„Du hast zu viele Klamotten an", sagte Lincoln. Seine Finger streichelten meinen Rücken, und sein Mund landete auf meinem.

Er öffnete meinen BH, der Stoff glitt an meinen Armen hinunter und ich ließ ihn auf den Boden neben dem Bett fallen.

„Ist das besser?" Ich grinste. Ich schloss kurz die Augen, als sich seine Lippen auf meine legten und eine Welle der Euphorie über mich hereinbrach, die mich in neue Höhen der Lust brachte.

Lincolns Lippen blieben auf meiner Brust, während seine Finger geschickt daran arbeiteten, meine Hose zu öffnen. „Heb deine Hüften", wies er mich an, und ich tat, wie mir geheißen. Er zog mir die Hose aus, ließ aber meinen schwarzen Satinschlüpfer an.

Zum Glück hatte ich mein schönstes Paar eingepackt, als ich reiste. Ich hätte nie gedacht, dass ich einmal dankbar sein würde, sie mitgenommen zu haben.

Lincoln war ein wahr gewordener Traum, eine Fantasie aus dem wahren Leben. Alles an ihm schrie nach Sex. Meine Finger strichen über seine Brust, meine Handfläche rieb über seine nackte Haut und fühlte seine Muskeln. Ich wollte nicht, dass dieser Moment endete.

Sein warmer Atem zog eine Spur leidenschaftlicher Küsse entlang meines Innenschenkels, hinauf zu meinem erhitzten Herzen.

Ich keuchte und stöhnte, als er mich küsste und berührte und sich des letzten Restes an Kleidung entledigte. Seine Zunge vollbrachte Wunder und brachte mich zu neuen Höhen, die Feuchtigkeit überzog mich, mein Puls pochte, ich war bereit für ihn.

„Du bist so schön", flüsterte er, schmeckte mich und ließ meinen Körper unter seiner Berührung erbeben.

Meine Finger krallten sich in den Laken fest und ballten sich zu Fäusten, als mein Körper auf seine Berührungen reagierte: Seine Zunge und seine Finger wirkten auf eine Weise magisch, wie ich es noch nie erlebt hatte.

Es gab schon andere, aber keinen, der so geschickt und hingebungsvoll im Schlafzimmer war. Meine Lippen spreizten sich, ich schnappte nach Luft und war schon kurz davor, als er ein Kondom aus seinem Portemonnaie holte, die Verpackung öffnete und es über sein Glied streifte, bevor er wieder auf meinen Körper kletterte.

Ich beugte mich vor, um seinen Mund zu bedecken, und meine Zunge schob sich an seinen Lippen vorbei, als er in mich eindrang. Ich stöhnte, ausgehungert, begierig darauf, ihn zu befriedigen. Ich winkelte meine Beine an, zog ihn tiefer in mich hinein und schloss die Augen.

„Sieh mich an", befahl Lincoln, sein Atem war schwer und rasselnd.

Ich hatte Mühe, meine Augen zu öffnen, aber ich gab ihm, was er wollte. Ein begieriges Stöhnen kam über meine Lippen. Mein Kopf kippte nach hinten gegen das Kissen und mein Rücken krümmte sich, als er mich mit jedem Stoß ausfüllte. Ich war nah dran, aber ich wollte ihn bei mir haben, um es gemeinsam zu erleben.

Lincoln stöhnte und ich klammerte mich an ihn, weil ich spürte, dass er kurz davor war, sich zu verausgaben.

Ich schlang meine Beine um ihn und zog ihn näher an mich heran, meine Arme zogen ihn fest an mich und ich brauchte jeden Stoß so sehr wie den letzten, als ich näher kam.

Er gab mir, was ich brauchte. Mein Körper erbebte und pulsierte, während mein Herz wie wild gegen meine Brust pochte und das Geräusch in meinen Ohren ohrenbetäubend war.

———

Am nächsten Morgen wachte ich früh auf. Das Licht strömte durch die Vorhänge des Wohnwagens herein.

„Ich muss gehen", flüsterte Lincoln und drückte mir einen sanften Kuss auf die Lippen.

Stöhnend protestierte ich mit geschlossenen Augen und griff nach seinem Arm. „Geh nicht."

Ich wollte nicht, dass er wie die anderen wegläuft und sich nie wieder meldet.

Er strich mir eine Haarsträhne hinters Ohr. „Ich hole dich heute Abend nach der Arbeit zum Essen ab. Vielleicht können wir etwas Lustiges unternehmen?"

„Ich will Raften gehen", flüsterte ich im Halbschlaf. Ich war noch nie dort gewesen, aber ich hatte am Set gehört, dass die Crew einen Ausflug auf dem Fluss geplant hatte. Einige wollten mit dem Schlauchboot fahren, andere mit dem Rafting flussabwärts.

Das Bett tauchte ein. Lincoln hockte sich auf den Rand der Matratze.

Ich öffnete träge meine Augen und starrte ihn an. Hatte ich gewonnen? Wollte er noch etwas länger bleiben? Ich klopfte auf das Bett neben mir.

„Abends wird es zu spät sein, um zu Raften, aber wir können uns am Samstag verabreden. Wenn du nicht schon etwas vorhast", sagte Lincoln.

Ich rollte mich auf die Seite und zog die Decken etwas herunter, damit er einen Blick darauf werfen konnte, was er verpasst, wenn er geht. „Komm zurück ins Bett", sagte ich. „Es wird sich für dich lohnen."

Lincoln beugte sich zu mir herunter und drückte mir einen sanften Kuss auf die Lippen. „So gerne ich das auch tun würde, ich sollte hier verschwinden, bevor die Crew zur Arbeit kommt.

Er hatte recht, und als er den Kuss beendete, stöhnte ich auf. „Gut." Als ich mich aufsetzte, zog ich die Decke über mich und schenkte ihm ein schwaches Lächeln.

Ich wollte zwar, dass er den ganzen Tag mit mir im Bett bleibt, aber das konnten wir im Wohnwagen nicht tun.

Kichernd stand er auf und knöpfte sich sein Hemd zu. „Ich freue mich schon auf heute Abend."

Nachdem Lincoln gegangen war, stieg ich unter die Dusche, um alle Beweise dafür zu beseitigen, dass ich den besten und heißesten Sex meines Lebens gehabt hatte.

Ich wollte nicht zugeben, dass mein Herz höher schlug, wenn ich in seiner Nähe war.

Breckenridge sollte nur vorübergehend sein.

Ich hatte nichtvor , in einer kleinen Stadt mitten im Nirgendwo zu leben, aber der Gedanke, wegzugehen, tat weh.

Was hatte ich schon zu Hause?

Niemanden.

Mein Haus war schön, aber es war nicht genug.

Es war nur eine Nacht gewesen, eine fabelhafte, weltbewegende Nacht, aber ich konnte nicht zulassen, dass das, was zwischen uns passiert war, meine Pläne oder mein Leben veränderte.

Lincoln wollte sein Leben und seine Karriere nicht wegen eines Mädchens auf den Kopf stellen, das er gerade erst kennengelernt hatte.

Oder?

Ich zog mir schnell meine Unterwäsche und einen Bademantel an und eilte in Flip-Flops nach draußen zum Schminkwagen, um mich fertig zu machen.

Ich stolperte über einen Stein und schaffte es nicht, mich zu fangen, stieß mir den Zeh an und schlug mit dem Knie auf den Boden.

Ich zog eine Grimasse und fluchte leise vor mich hin.

„Geht es dir gut?", fragte Lincoln.

Er bückte sich und bot mir eine Hand an, um mir beim Aufstehen zu helfen.

Meine Augen weiteten sich, bevor ich mich zurückzog und ohne seine Hilfe aufstand. „Was machst du denn noch hier?" Ich schaute zu ihm herüber und sah, dass er sich umgezogen hatte und sein Abzeichen an einem Schlüsselband um den Hals trug.

Auf dem Schlüsselband stand in großen Buchstaben *SECURITY*.

„Seit wann arbeitest du hier als Security?"

KAPITEL VIERZEHN

LINCOLN

Kurz bevor die Sonne aufging, war ich nach Hause geeilt. Ich wollte Harper nicht verlassen, aber ich musste mich duschen und anziehen.

Ich wusste nicht, ob ich heute im Sicherheitsdienst arbeiten sollte, aber nach dem, was gestern mit Ariella passiert war, wollte ich weder sie noch Jaxson belästigen.

Ich könnte heute Morgen zu meiner Schicht kommen, und wenn ich nicht gebraucht würde, könnte ich mich am Nachmittag zurückziehen.

Nach dem gestrigen Tag erwartete ich, dass Jaxson ein zusätzliches Auge am Set haben wollte, um sicherzustellen, dass alles reibungslos ablief und es allen gut ging.

Es würde ein langer Tag werden, vor allem weil ich immer noch Harpers Bodyguard war, aber das fühlte sich nicht wie Arbeit an.

Zeit mit ihr zu verbringen, war etwas, das ich tun wollte.

Nachdem ich zu Hause geduscht und mich schnell umgezogen hatte, holte ich mir im örtlichen Laden einen Kaffee und begrüßte Skylar. Sie kritzelte ihre Nummer auf meine Kaffeetasse und sagte mir, dass sie hoffte, ich würde sie anrufen.

Ich konnte ihr nicht sagen, dass ich mit Harper Madison zusammen war.

Waren wir überhaupt zusammen?

Was passiert, wenn die Dreharbeiten beendet sind und Harper ins sonnige Kalifornien zurückkehrt?

Breckenridge war mein Leben. Ich liebte hier, die ruhige Einsamkeit.

Los Angeles war nichts im Vergleich zu unserer kleinen Stadt, ein kleines Stück vom Himmel.

Als ich auf dem Parkplatz fuhr , kam ich an einem dunkelblauen Sportwagen vorbei.

Ich parkte meinen Truck, stieg aus und ging zu dem Auto hinüber, um es von außen zu betrachten.

„Kann ich Ihnen helfen?", fragte ein Herr mit einem starken italienischen Akzent. Er war etwas rundlich, hatte eine spitze Nase und dickes, dunkles Haar. Es musste gefärbt sein. Es war fast zu schwarz für sein Alter.

Der Parkplatz war noch weitgehend leer. Ich war zu früh dran, aber bei Eagle Tactical wurde erwartet, dass ich vor der gesamten Besetzung und Crew am Set eintraf.

Ich zog meinen Ausweis heraus. Auf dem Schlüsselband standen die großen Buchstaben *SECURITY* und mein Bild war auf dem Ausweis.

„Ich bin vom Sicherheitsdienst. Kann ich Ihnen helfen?" fragte ich und drehte die Frage einfach um.

„Nein", sagte er. Er schüttelte den Kopf und schlenderte zu seinem Auto. „Ich wollte gerade gehen."

———

Ich hatte ein Foto von Benjamin Ryan gesehen.

Der geheimnisvolle Mann mit dem Sportwagen war nicht Ben. Ich war mir nicht sicher, wer er war, aber ich behielt Harper genau im Auge.

Harper war ziemlich heftig gestürzt, als sie über einen Stein stolperte und sich das Knie aufschürfte.

Sie war aus ihrem Wohnwagen herausgekommen, war aber noch nicht für die Produktion angezogen.

War sie auf dem Weg dorthin, als sie fiel?

„Lass mich dir helfen", sagte ich und ignorierte ihre Frage, ob ich zum Sicherheitsteam für die Filmproduktion gehöre. Ich bot ihr nicht nur meine Hand an.

Stattdessen beugte ich mich hinunter und griff nach ihrem Ellbogen, während ich ihr auf die Beine half. Sie konnte mich anschreien, soviel sie wollte, aber ich bezweifelte, dass sie das tun und eine Szene machen würde.

Sie hatte einen Ruf zu wahren und ich vermutete, dass sie nicht wollte, dass jemand erfährt, dass wir miteinander geschlafen haben.

Obwohl sie laut dem Studio und der Boulevardpresse einen guten Ruf hatte, war es mir in Wahrheit egal, was die anderen dachten.

Ich hatte Zeit mit ihr verbracht und die wahre Harper Madison kennengelernt, und sie war nicht so, wie alle behaupteten.

Ich hatte die Gerüchte gehört. Ich beschloss, sie zu ignorieren.

Ihre Augen verengten sich und sie wich zurück. „Ich brauche deine Hilfe nicht", sagte sie.

Harper stand auf und wischte sich Hände und Knie ab. Die Haut an ihrem Knie war mit einer kleinen Blutspur übersät, die gesäubert, aber nicht genäht werden musste.

„Wie wäre es, wenn ich dich zu deinem Wohnwagen bringe und einen Erste-Hilfe-Kasten hole?"

Sie schnaubte und trat einen Schritt zurück. „Lass mich in Ruhe."

Ich hob kapitulierend meine Hände. „Ich versuche nur zu helfen."

„Ich will deine Hilfe nicht."

Das war offensichtlich. Ich hielt meine Zunge im Zaum. Es hatte keinen Sinn, mit ihr zu streiten, wenn sie bereits sauer auf mich war. Ich wusste, es würde nicht gut ankommen, wenn sie herausfindet, dass ich ihr Bodyguard bin.

Wusste sie, dass ich angeheuert worden war, um auf sie aufzupassen, oder war sie nur sauer, weil ich zum Team von Eagle Tactical gehörte und für die Sicherheit bei der Produktion zuständig war?

So ein Mist.

War das wichtig?

Sie wollte mich wahrscheinlich nie wieder sehen und ich musste sie heute Nacht im Auge behalten. Wenn ich es nicht schaffte, konnte ich Jaxson oder einen der anderen Jungs fragen, aber sie würde wissen, dass sie als Bodyguard angeheuert waren, und ich bezweifelte, dass sie mit dem Unternehmen einverstanden wäre.

Harper ging an mir vorbei zu ihrem Wohnwagen.

Ich musste ihr Freiraum geben. Wenn sie in Ruhe gelassen werden wollte, war es nicht meine Aufgabe, über ihr zu schweben und ihr zu helfen. Ich habe vielleicht versucht, sie zu beschützen, ihr aufgeschürftes Knie zu säubern und sie zu umarmen, aber sie war kein kleines Kind mehr.

Ich musste respektieren, dass sie wahrscheinlich nichts mit mir zu tun haben wollte.

Jaxson schlenderte herüber, die Hände in seiner Jacke vergraben. Er nickte mir zu und warf einen Blick auf Harpers Wohnwagen.

„Alles in Ordnung?"

„Könnte nicht besser sein. Wie geht's Ariella?" fragte ich. Ich hatte sie heute Morgen noch nicht gesehen und wollte unbedingt über alles andere reden. Das Mindeste, was ich tun konnte, war, nachdem, was sie gestern durchgemacht hatte, nach ihr zu fragen.

Seine Augen verengten sich und starrten mich an. Wahrscheinlich konnte er meine Fassade durchschauen, aber er sagte nichts weiter über Harper. „Sie erholt sich", sagte Jaxson. „Ich habe ihr vorgeschlagen, mit einem Therapeuten zu sprechen, aber du kennst ja Ariella. Sie ist zäh und glaubt, dass sie mit allem alleine klarkommt."

„Sie hat viel durchgemacht", sagte ich. Es war keine schlechte Idee, dass sie einen Therapeuten aufsucht. „Mit jemandem zu reden, könnte definitiv helfen. Und ihr Ex-Mann, Ben? Wurde er gefasst?"

Ich hatte gehofft, dass sie den Mistkerl hinter Gitter gebracht hatten.

„Es gibt keine Spur von ihm. Die Polizei hat einen Fahndungsaufruf gestartet, aber der Sheriff hat sich nicht gemeldet. Er ist da draußen, irgendwo." Jaxsons Stirn runzelte sich.

„Die Polizei wird ihn finden."

„Ja", antwortete Jaxson unwirsch.

„Was ist mit Mason? Wie geht's ihm?" fragte ich.

„Mason ist wieder im Büro. Der Arzt hat ihm gesagt, dass er die nächsten zwei Wochen Schreibtischarbeit machen kann, bis er zu einer weiteren Untersuchung kommt."

Es war gut zu hören, dass es Mason besser ging. Es war ziemlich hart zu sehen, was er durchgemacht hatte, auch der Verlust seines Onkels wird nicht einfach für ihn gewesen sein.

„Entschuldigen Sie!" Eine junge Frau mit rotblonden Haar eilte zu uns herüber.

„Ja, wie können wir Ihnen helfen?", fragte ich und warf einen Blick auf ihren Ausweis, um mich zu vergewissern, dass sie zum Produktionsset gehört.

Ihre Wangen waren blass und ihre Augen groß. „Ich kann Harper Madison nirgendwo finden. Der Star des Films ist verschwunden."

„Sie ist in ihrem Wohnwagen", sagte ich und ging neben der jungen Blondine zu Harpers Wohnwagen, in dem es in der Nacht zuvor heiß hergegangen war.

Ich ging nicht hinein.

Ich klopfte fest und energisch.

„Ms. Madison", sagte ich, weil ich nicht wollte, dass jemand von unserer Beziehung erfährt.

Es kam keine Antwort.

Wahrscheinlich ist sie mir aus dem Weg gegangen.

Jaxson folgte hinter uns. „Harper Madison. Das ist der Sicherheitsdienst", sagte Jaxson.

Ich trat zur Seite und er klopfte noch einmal fest an die geschlossene Wohnwagentür. „Wir kommen jetzt rein", verkündete er und öffnete die Tür.

Sie war nicht verschlossen und Jaxson trat als Erster ein.

Ich folgte ihm und schaute mich um, aber Harper war nirgends zu finden. „Vielleicht ist sie am Set, beim Make-up oder beim Friseur", schlug ich der jungen Frau vor.

„Nein. Ich bin die Maskenbildnerin, und sie ist spät dran."

„Wie spät?", fragte ich. Ich klopfte an die Badezimmertür des Wohnwagens und sah, dass es leer war. Ich sah weder ihre Autoschlüssel noch ihr Handy, aber ich war mir nicht sicher, ob das etwas zu bedeuten hatte. Ich würde auf dem Parkplatz nachsehen müssen, ob ihr Auto dort stand, wo sie es gestern Abend abgestellt hatte.

„Über eine Stunde", sagte die junge Frau.

„Ich bin sicher, dass sie nicht weit weg ist. Warum gehst du nicht zurück zu deinem Wohnwagen, und wir suchen sie?" sagte ich.

Sie zog sich aus dem Wohnwagen zurück und ich schaute Jaxson an und wartete, bis wir allein waren.

„Was ist los?", fragte Jaxson.

„Harper war sauer, als sie herausfand, dass ich als Sicherheitskraft für den Film arbeite." Ich warf einen Blick über das Waschbecken zum hinteren Fenster des Wohnwagens, in Richtung des Parkplatzes. Es waren zu viele Fahrzeuge, um zu bemerken, ob ihr Auto noch da stand oder nicht.

Jaxsons Kiefer war angespannt, sein Körper steif. „Denkst du, sie ist geflohen?"

Ich kannte sie nicht gut genug, um zusagen , wie sie mit Stress oder Wut umging. „Vielleicht. Ich hoffe, dass es nur das ist. Heute Morgen stand draußen auf dem Parkplatz ein Typ mit seinem Lotus Evora. So ein Luxusauto fällt auf."

„Kein Witz. Ich glaube nicht, dass ich jemals einen in Montana gesehen habe, geschweige denn in Breckenridge", sagte Jaxson. „Könnte es ein Studioleiter gewesen sein?"

Alles war möglich, aber das Gefühl hatte ich nicht, als ich ihn ansah. „Das wäre eine Erleichterung, wenn es nur das war, denn dann wäre er nicht mehr hier."

Ich verließ den Wohnwagen und ging an den Absperrungen vorbei, die zum Parkplatz führten.

Von Harpers Mietwagen oder dem luxuriösen Sportwagen, den ich vorhin gesehen hatte, war nichts zu sehen. Ich holte mein Handy heraus und rief Mason an. Da er im Büro war, bat ich ihn, Harpers Handy zu orten und mich zurückzurufen oder mir ihren Standort zu schicken.

Ein paar Minuten später surrte mein Handy mit einer SMS. „Ich weiß, wo sie ist", sagte ich und schaute Jaxson an.

„Wie weit weg?" Sein Blick war grimmig.

Bald würden auch andere Leute bemerken, dass Harper nicht am Set war. Sie war nicht weit weg, aber sie war in der Nähe des Flusses und schien in der Nähe einer Einstiegsstelle zu sein, an der man Flöße mieten konnte.

Wenn sie ein Floß mietete und keine Erfahrung hatte, wollte ich nicht daran denken, was ihr passieren könnte.

Es war gerade Tauwetter, was bedeutete, dass der Fluss hoch und die Stromschnellen gefährlich waren.

KAPITEL FÜNFZEHN

HARPER

Wie kann er es wagen!

Ich stürmte über das gepflügte Feld zu meinem Auto und verließ mit hoher Geschwindigkeit den Parkplatz. Ich kurbelte die Fenster herunter und stieß einen Schrei aus, während ich die Hände auf dem Lenkrad zu Fäusten ballte.

„Was für ein Idiot!" Ich konnte nicht glauben, dass er mir vorgemacht hatte, er sei gestern Abend meinetwegen am Set aufgetaucht.

War das alles, was ich für ihn war, nur ein weiterer Auftrag?

Ich trat kräftig aufs Gas. Mein Fuß drückte fest auf das Pedal, als ich auf die staubige Bergstraße zufuhr.

Gestern Abend hatte ich den Bach gehört, als wir unter dem Sternenhimmel gezeltet hatten. Ich wollte zwar nichts mit Lincoln zu tun haben, aber der Gedanke an eine Floßfahrt fühlte sich gut an: die Kontrolle zu übernehmen, ohne jemanden in der Nähe zu haben, in der Einsamkeit.

Das einzige Problem war, wo zum Teufel sollte ich ein Floß herbekommen?

Ich raste den Berg hinauf, bis ich schließlich an einer Schotterstraße anhielt und mein Handy ausgrub.

Der Empfang in den Wäldern war mies und das Internet langsam, aber es funktionierte.

Ich rief die Mietstationen auf und klickte auf die Informationen zu einem nahegelegenen Ort, um mich per GPS dorthin führen zu lassen, wo ich hin musste.

Zwanzig Minuten später hatte ich das Auto geparkt, für ein Mietfloß bezahlt und auf die Möglichkeit verzichtet, mit einem Guide zu fahren.

Der diensthabende Angestellte erzählte immer wieder von den Gefahren des Flusses und seiner Empfehlung, einen Führer zu engagieren.

Es ging nicht darum, dass ich mir keinen Führer leisten konnte, sondern darum, dass ich lieber allein unterwegs war. Offensichtlich fiel es ihm schwer, diese Tatsache zu begreifen.

Schließlich reichte er mir den Papierkram und ich unterschrieb die rechtliche Verzichtserklärung mit einer Menge Jargon über Verletzungen und Tod, die ich mir nicht gründlich durchgelesen hatte.

„Hol dir draußen unbedingt einen Helm und eine Schwimmweste. Die Sachen hängen gleich auf der anderen Seite der Wand."

„Danke."

Ich ging nach draußen, zeigte dem diensthabenden Angestellten meine Quittung und bekam ein kleines Floß mit einem Paddel ausgehändigt, das bequem für zwei Personen geeignet war.

„Nimm auf jeden Fall einen Helm und eine Weste mit", sagte der Herr.

Ich tat so, als hätte ich ihn nicht gehört. Ich trug das Floß und stellte es an den Rand der Startrampe, einem Betonweg, der steil zum Fluss hinunterführte. Ich sah keine Boote und der Fluss war ruhig, zumindest was den Teil der Vermietungen anging.

Es war schließlich ein Dienstagmorgen und ich war wahrscheinlich der erste Kunde des Tages.

„Harper!" Lincolns Stimme wurde vom Wind getragen, als ich bedauernd zu der Stimme zurückblickte.

Er knallte die Truck-Tür zu und kam in meine Richtung gejoggt.

Oh nein, verdammt.

Er würde mir das nicht ausreden können.

Ich schob das Floß weiter ins Wasser, wobei meine Füße und Knie nass wurden, während ich darauf achtete, mich vom Zement wegzudrücken. Das Letzte, was ich wollte, war, dass Lincoln mir folgte.

Ich sprang auf das Floß und benutzte das Paddel, um schnell vom Ufer wegzukommen. Ich kam nicht weit.

Lincoln jagte mir hinterher, stürzte sich ins Wasser, welches spritzte, und warf dann seinen ganzen Körper hinein, während er zu mir herüberschwamm.

„Alles in Ordnung, Ma'am?", rief mir der Wärter zu.

Ich verdrehte bei Lincoln die Augen. Er wollte mir nicht wehtun, sondern mich nur ärgern. „Ja, mein Freund ist einfach ein Idiot!", rief ich dem Herrn zurück.

Lincoln tauchte auf, mit seinen Armen hielt er sich am Rand des Floßes fest. Ich konnte den Grund des Flusses nicht sehen.

War er tief?

„Freund, hm?"

„Schmeichle dir nicht selbst. Ich dachte mir, wenn ich dich den Typen nenne, mit dem ich leider geschlafen habe, ruft er vielleicht die Bullen. Willst du aufsteigen?" Er würde es wahrscheinlich auch ohne meine Erlaubnis tun, da er mich stromabwärts gejagt hatte.

„Ich dachte schon, du würdest nie fragen", sagte Lincoln. Er hievte sich auf das Floß.

Das Boot schwankte.

Meine Augen weiteten sich und ich schob mich auf die gegenüberliegende Seite, um zu verhindern, dass das Floß kippte. „Vorsichtig!", warnte ich.

„Komisch, das sollte ich dir sagen. Kein Helm. Keine Schwimmweste. Und ein Paddel."

Er wusste genau, was er sagen musste, um mir unter die Haut zu gehen.

„Nun, ich habe keine Gesellschaft erwartet."

„Ein paar Kilometer flussabwärts gibt es einen weiteren Verleih. Wir können den Rest der Ausrüstung mitnehmen, wenn wir raften wollen." Lincoln deutete auf das Paddel. „Es gehört dir."

„Oh, danke. Du bist ein echter Gentleman, nicht wahr?" spottete ich, während ich versuchte, zu paddeln.

Von dort, wo ich saß, konnte ich nicht beide Seiten erreichen.

Wir brauchten ein weiteres Paddel.

Lincoln grinste ununterbrochen und freute sich über die missliche Lage.

Ich wollte ihn hassen, aber sein breites Grinsen und seine unbekümmerte Art ließen mich fast entspannen.

„Hast du Spaß?" Ich habe ihm trotzdem die Hölle heiß gemacht. Das war das Mindeste, was ich tun konnte, wenn man bedenkt, was er mir angetan hat, indem er mir nicht die Wahrheit sagte.

Hatte er jemals vorgehabt, mir gegenüber zu erwähnen, dass er als Sicherheitskraft für die Produktion arbeitete?

Hatte er gedacht, ich würde es nicht merken?

„Das habe ich, aber ich denke, es wäre hilfreich, wenn wir vorsichtig die Positionen tauschen würden. Ich werde auf deinem Rücken reiten und du übernimmst die Führung."

Auf seinen Vorschlag hin, hob ich eine Augenbraue.

„Je länger du mich mit diesem ‚Komm her'-Blick anstarrst, desto länger werden wir auf dem Fluss sitzen und uns kaum bewegen."

„Das ist kein ‚Komm her'-Blick", erwiderte ich.

Wir hatten noch keine Stromschnellen erreicht und ich konnte sie in der Ferne nicht einmal sehen oder hören.

Langsam und vorsichtig tauschten wir die Positionen: Ich rutschte in die vordere Mitte, und Lincoln setzte sich hinter mich. „Natürlich ist es das nicht", sagte Lincoln mit einem verschmitzten Grinsen.

Zum Glück saß ich vorn. So konnte er wenigstens meinen Gesichtsausdruck nicht sehen.

Wir saßen mehrere Minuten lang schweigend da, während ich von einer Seite zur anderen paddelte und uns dabei meistens in der Mitte flussabwärts trieb. Ich wich den Felsen auf der rechten Seite und der Baumwurzel links des Ufers aus.

Das Floß schwankte leicht, und Lincolns warme Hände strichen mir über die Haare im Nacken.

Mit einer Hand hielt ich das Floß fest und mit der anderen den Griff des Paddels. „Was machst du da?", krächzte ich.

Ich hatte nicht vor, unsicher zu klingen, aber er hatte mich überrumpelt.

„Ich entschuldige mich", flüsterte seine heisere Stimme in mein Ohr und jagte mir einen Schauer über den Rücken.

Das geht nicht.

Das würde nicht ausreichen. „Sex ist keine Entschuldigung", sagte ich und warf ihm einen Blick über meine Schulter zu.

Ich überlegte, ob ich ihm mit meinem Paddel eins über den Kopf ziehen sollte, aber ich wollte ihn nicht über Bord werfen oder riskieren, dass er ertrinkt.

Das Wasser war dunkel und tief.

Ich konnte den Grund nicht sehen.

Stille erfüllte die Leere und Lincoln zeigte auf die Rampe und die nahe gelegene Verleihstation. Sie sah genauso aus wie die vorherige, die ich gerade besucht hatte. „Halt an der Rampe an", sagte Lincoln.

Ja, das würde ich tun und ihn dort absetzen.

„Klar." Ich paddelte fester und wollte schnell ankommen, damit ich ihn absetzen konnte.

Lincoln sprang ab und seine Füße wurden nass. Aber das machte nichts. Er war immer noch ziemlich durchnässt von seinem vorherigen Bad.

Ich wartete am Eingang, während er die Plattform hinaufging. Sobald er festen Boden unter den Füßen hatte und sich von mir abwandte, um die Ausrüstung zu holen, paddelte ich los.

Es dauerte gut zwei Minuten, bis er sich umdrehte und es bemerkte. „Harper!"

Kichernd winkte ich ihm zu und grüßte ihn, bevor ich stromabwärts paddelte.

KAPITEL SECHZEHN

ARIELLA

Der Film hatte eine Pause eingelegt. Ohne die Hauptdarstellerin war nicht viel zu machen.

Das war für mich in Ordnung. Ich war nicht in der Stimmung, zu arbeiten.

Ich wollte mich mit einer Packung Mint Chocolate Chip auf dem Sofa zusammenrollen und meine Gefühle wegessen.

Jaxson schlich sich zu mir herüber. Er hatte mich schon den ganzen Tag beobachtet.

Meistens war ich dankbar für seine Besorgnis, aber manchmal wollte ich auch einfach meine Ruhe haben.

„Ich habe gerade eine SMS von Lincoln bekommen. Er hat Harper gefunden, und sie ist auf dem Weg flussabwärts", sagte Jaxson.

Ich verstand nicht, was er meinte. „Flussabwärts?" Ich lebte noch nicht so lange in Breckenridge. Ich hatte den Winter überlebt, das war's. Mussten wir eingreifen? „Sollen wir da rausfahren und helfen?"

Es sah nicht so aus, als würden die Dreharbeiten in nächster Zeit wieder aufgenommen werden.

„Ich glaube, Lincoln hat das im Griff. Harper ist Rafting gefahren und er ist der beste Guide, den ich kenne", sagte Jaxson.

„Oh." Das hörte sich irgendwie lustig an. „Vielleicht sollten wir das mal machen? Zu dritt?" schlug ich vor.

„Wir drei", wiederholte Jaxson langsam. Versuchte er herauszufinden, wer die dritte Person war, die ich eingeladen hatte, uns zu begleiten? Lincoln war es nicht.

„Ja, es wäre schön, etwas mit dir und Izzie zu unternehmen." Ich mochte es, Zeit mit ihnen zu verbringen.

War das eine schlechte Idee?

Hatte Jaxson Bindungsängste?

Wir hatten noch niemandem von unserer Beziehung erzählt.

Ich war nicht auf der Suche nach einem weiteren Ehemann. Einer hatte mir gereicht, aber ich wollte mehr von Jaxson.

Er war nicht nur eine Affäre.

„Du bist so still", sagte Jaxson.

„Ich denke nur nach."

„Oh, oh", stichelte er und stupste mich an. „Das kann nicht gut sein."

Ich verdrehte die Augen, packte seine Arme und drückte sie hinter seinem Rücken fest an seinen Körper. Ich stellte mich auf die Zehenspitzen, um seine Ohren zu erreichen. „Hast du zufällig Handschellen dabei?"

Ich musste vergessen, die Angst verdrängen, die sich nachts einschlich und mich als Geisel hielt.

Jaxson hob eine Augenbraue. „Vielleicht, aber die wären nicht für mich, Sommersprosse."

Ich schluckte und starrte in seine ruhigen, blauen Augen. Er hatte mich überrumpelt. Ich hätte nie erwartet, dass er zugeben würde, dass er Handschellen hat. Was hatte er sonst noch, oder war das rein geschäftlich bedingt? Er war früher beim Militär und arbeitete im Sicherheitsdienst, aber ich hatte noch nie seine Metallhandschellen gesehen.

„Du wirst ja rot", flüsterte Jaxson mir ins Ohr.

Mein Griff um seine Handgelenke war nicht stark genug, und er riss sich los.

Er packte meine Handgelenke und drehte mich herum, meine Hände auf dem Rücken, seinen Körper an meinen gepresst. Mit einer Hand hielt er mich fest, mit der anderen strich er mir die Haare aus dem Nacken und sein Atem streichelte meine Haut.

„Hast du schon mal Handschellen im Schlafzimmer benutzt?", fragte er.

Ich schaute mich um und war froh, dass uns niemand beachtete.

„Hast du?", konterte ich. Ein Hauch von Nervosität schwang in meiner Stimme mit. Hatte er es bemerkt?

Er zog mich näher an sich heran und um die Ecke auf die gegenüberliegende Seite des Wohnwagens, wo wir außer Sichtweite der Handvoll Crewmitglieder waren, die noch geblieben waren. Die meisten waren schon gegangen, und der Regisseur hatte zwanzig Minuten vorher Schluss für heute gemacht.

„Geht es dir gut?", fragte er.

Wir hatten Feierabend, aber wir waren noch nicht weg.

Jaxson bestand darauf, dass wir warten, bis wir die letzten sind.

Als ob wir tatsächlich arbeiten und unsere Arbeit machen würden.

Jemand hätte mit einem der Anhänger der Stars wegfahren können, und keiner von uns hätte es bemerkt.

Ich neigte meinen Kopf nach oben, lehnte mich an ihn, küsste ihn aber noch nicht ganz, sondern ließ den Moment zwischen uns verweilen.

„Ich mache mir Sorgen um dich, Sommersprosse."

Ich lehnte mich gegen seine Berührung, schlang meine Arme um seinen Hals und umarmte ihn. Er wusste nicht, wie sehr mich eine so einfache Geste beruhigt hatte. „Ich auch", flüsterte ich.

Sein Atem kitzelte meinen Nacken, als er flüsterte. „Ich habe gewartet, um dir das zu sagen, aber ich habe eine Reservierung für das Spa gemacht. Du und Hazel könnt morgen den ganzen Tag entspannen."

Ein Spa-Besuch hörte sich wunderbar an. „Hazel kommt mit mir?" Das war eine angenehme Überraschung.

„Ja, Hazel und Mason gehen sich gegenseitig auf die Nerven, also dachten wir, es wäre eine gute Idee, die Mädchen irgendwo hinzuschicken, wo sie sich verwöhnen lassen können."

„Damit ihr uns nicht mehr stört?", scherzte ich und lachte leise vor mich hin. „Was ist mit der Arbeit?"

Es war mitten in der Woche. Ich konnte doch nicht einfach meinen Job sausen lassen, selbst wenn Jaxson mein Chef war.

Er lehnte sich näher heran und seine Lippen streiften mein Ohr, das mir einen Schauer über den Rücken jagte.

Allein seine Nähe ließ mein Inneres warm und wohlig werden.

„Ich bin sicher, du kannst es auf andere Weise wiedergutmachen", sagte Jaxson.

„Wenn es um Handschellen geht, bin ich derjenige, der dich ans Bett fesselt." Vor ein paar Tagen wäre der Gedanke noch lustig gewesen, mutig und abenteuerlustig zu sein, aber nach dem, was mit Ben im Hotel passiert war, war ich nicht bereit, meine Deckung fallen zu lassen.

Schmunzelnd schüttelte er den Kopf. „Wir werden sehen."

Seine Hände streichelten meine Taille, als er mich näher zu sich zog.

Ich legte meine Hände auf seine Brust, sodass unsere Körper praktisch aneinander geschmiegt waren. Obwohl es draußen nicht besonders kühl war, war die leichte Kühle des Windes längst vergessen, denn mit seiner Körperwärme durchwärmte er meinen ganzen Körper.

„Ich möchte, dass du den Tag entspannt verbringst, Sommersprosse. Du hast es dir verdient." Er drückte mir einen sanften Kuss auf die Wange, und meine Augenlider fielen zu.

Ich bewegte mich leicht und stellte mich auf die Zehenspitzen, um seine Lippen zu schmecken und mir zu versichern, dass wir das gemeinsam durchstehen würden, egal was passiert.

„Ich habe Angst", flüsterte ich, und es fiel mir schwer, die Worte laut auszusprechen.

Ich öffnete meine Augen und spürte seinen festen Blick auf mir.

„Ich weiß", sagte Jaxson. „Ich werde nicht zulassen, dass er dich jemals wieder anfasst."

Es war nicht nur die Tatsache, dass Benjamin immer noch da draußen war und darauf wartete, seinen Zug zu machen.

Es gab so viel, was ich Jaxson noch nicht erzählt hatte, und wenn ich es täte, würde er mich dann jemals wieder so ansehen wie jetzt? Ich hatte vor, es ihm gestern Abend zu sagen, aber ich hatte mich nicht getraut und hatte zu viel Angst, es ihm zu sagen.

„Ich muss dir etwas sagen." Meine Hände zitterten an seiner Brust und ich griff nach seinem Hemd und ballte meine Hände zu Fäusten.

Ich beugte mich vor und stahl mir einen weiteren Kuss, einen weiteren Geschmack und hatte Angst, dass es der letzte sein könnte.

KAPITEL SIEBZEHN

LINCOLN

Dieser kleine Hitzkopf!

Harper hatte sich in dem Moment weggeschlichen, als ich ihr den Rücken zugewandt hatte und abgelenkt war.

Sie wusste nicht, wie gefährlich die Stromschnellen vor ihr waren, besonders zu dieser Jahreszeit.

An der Laderampe waren ein paar Autos geparkt, aber das eine, das mir auffiel, war dasselbe, das ich schon am Morgen gesehen hatte: ein metallisch glänzender blauer Lotus. Es konnte nicht sein, dass es zwei solcher Fahrzeuge in Breckenridge gab.

Ich atmete schwer aus.

Verdammt!

Wo zum Teufel war der italienisch aussehende Typ, der das Auto gefahren hatte? War er da draußen.

War er schon flussabwärts gefahren?

Würde Harper ihm über den Weg laufen?

Ich eilte in den kleinen Laden, aber es gab immer noch keine Spur von ihm. „Viel los heute Morgen?", fragte ich und versuchte, Small Talk zu führen, während ich nach Informationen fischte.

„So wie immer", sagte der Mann hinter dem Tresen. Er sprach langsam und seine Bewegungen waren kein bisschen schnell.

Ich holte mein Portemonnaie heraus. Es war durchnässt, genauso wie mein Handy. Na toll. „Ich möchte ein Floß für eine Person mieten. Haben Sie auch ein Seil, das ich kaufen kann?" Ich zückte meine Kreditkarte, denn ich wollte keine Zeit verlieren.

Der Herr hinter dem Schalter schlenderte gemächlich durch den Raum, um das Seil zu holen. „Brauchen Sie zwei oder vier Meter?"

„Zwei sind gut." Ich brauchte nicht viel.

Hätte ich Bargeld bei mir gehabt, wäre die Transaktion viel schneller vonstatten gegangen. Als er fast fertig war und mir die Quittung aushändigte, kritzelte ich meine Unterschrift und eilte aus dem Komplex.

„Vergiss deinen Helm und deine Schwimmweste nicht."

Ich ließ ihn seinen Satz nicht beenden. Ich hatte das alles schon einmal gehört und wusste, dass die Sachen draußen gelagert wurden.

Das war nicht meine erste Rafting-Tour und hoffentlich auch nicht meine letzte. Ich eilte zum Bootsführer und zeigte ihm meine Quittung.

Während er sich das Floß schnappte, besorgte ich mir einen Helm und die Schwimmweste und nahm ein zusätzliches Set für Harper mit. Sie würde sie anziehen, bevor wir die Stromschnellen erreichen.

Ich hatte zwar nicht das Gefühl, dass ich sie brauchte, da ich den Fluss kannte, aber ich wollte, dass sie sie trug. Wenn sie nicht das tat, worum ich sie bat, würde sie nie auf mich hören.

Ich ließ das Seil, den Helm und die Schwimmweste in das Floß fallen und ließ das Boot in den Fluss gleiten.

Das kühle Wasser fühlte sich gut an meinen Füßen an und ich kletterte hinein, bevor ich begann, schnell zu paddeln.

Ich musste Harper einholen.

Ich beeilte mich flussabwärts. Wenigstens bewegte ich mich in dieselbe Richtung wie die Strömung.

Der Fluss gabelte sich vor mir und ich musste zu ihr gelangen, bevor sie in die falsche Richtung abbog.

Schließlich kam der Fluss wieder zusammen, aber auf der rechten Seite gab es gröbere Stromschnellen. Für einen Neuling war es besser, die linke Seite zu nehmen.

Musste ich mir Sorgen um den mysteriösen Mann machen, den ich an diesem Morgen gesehen hatte?

War er auf ein Wasserabenteuer auf dem Fluss aus oder hatte er etwas anderes im Sinn?

Hatte er gewusst, wo Harper war oder was sie gemacht hatte?

Ich hatte sie mit Masons Hilfe aufspüren können. Es war nicht schwer gewesen, ihr Handy an den nächsten Sendemast zu pingen und dann ihren Standort zu bestimmen.

Hatte der italienische Mann dasselbe getan?

Was wollte er von Harper?

Er sah nicht so aus, als würde er Wassersport betreiben oder sich in der Nähe eines Flusses aufhalten.

Ich paddelte hart und schnell.

In der Ferne erkannte ich ihr Floß. Die Gabelung lag vor uns, und sie fuhr nach rechts.

Verdammt!

„Harper!", rief ich und hoffte, dass sie auf meinen Ruf hören würde.

Ihr langes blondes Haar wirbelte herum, als sie über ihre Schulter zu mir blickte.

Ich paddelte härter und schneller, um die Lücke zwischen uns zu schließen. Offen gesagt dachte ich, sie würde versuchen, mich abzuhängen, stattdessen legte sie ihr Paddel im Floß ab und wartete darauf, dass ich näher kam.

Mein Herz raste, als ich sie einholte, und als ich neben ihrem Floß ankam, griff ich nach dem Seil und band unsere Flöße an den Griffen zusammen.

Ein schwaches Lächeln umspielte ihre Lippen. „Ich hätte nicht gedacht, dass du mir folgst, nachdem ich dir zweimal den Hintern versohlt habe", sagte Harper.

„Ich bin hartnäckig."

Harper lachte und schüttelte den Kopf. „Du bist etwas anderes."

Grinsend machte ich einen Knoten, um unsere Flöße zusammenzuhalten. Ich reichte ihr einen Helm. „Setz ihn auf."

„Und wenn ich das nicht tue?"

„Ich werde dich nicht die gröberen Stromschnellen hinunterfahren lassen." Die Flöße näherten sich bereits dem rechten Eingang der Gabelung, und es würde zu viel Zeit kosten, auf die andere Seite zu gelangen. „Bitte."

Sie schnaufte leise und nahm mir den Helm aus der Hand, setzte ihn auf den Kopf und klemmte ihn unter ihr Kinn.

Ich griff hinter mich, um die Schwimmweste zu holen. „Die auch, bitte."

Wenigstens musste ich sie nicht festhalten und zwingen, sie anzuziehen. Ich glaube, das wäre nicht so gut angekommen.

Sie hätte mich wahrscheinlich ins Wasser geworfen.

„Gut. Ich kann es mir nicht leisten, hier draußen zu sterben. Zu viel Papierkram für dich, stimmt's?"

Ich schluckte den Kloß in meinem Hals hinunter.

Hatte sie gewusst, dass ich als ihr Bodyguard angestellt war?

Wusste sie, dass der Job mehr als nur die Sicherheit am Set beinhaltete?

Wenn sie es nicht schon herausgefunden hatte, konnte ich nicht riskieren, dass sie die Wahrheit erfährt.

Sie war jetzt schon sauer, aber sie würde mich hassen.

„Es war ein Scherz. Entspann dich", sagte Harper. Sie sicherte die Schwimmweste und griff nach ihrem Paddel. „Willst du uns jetzt losbinden?"

Ein breites Grinsen überzog mein Gesicht. Auf gar keinen Fall würde ich unsere Flöße losbinden, bevor ich nicht sicher war, dass sie für heute fertig war. Sie musste aus dem Floß und an Land sein. „Das würde dir gefallen, oder?"

Ihre Finger streiften über den Knoten, den ich geknüpft hatte. Sie betrachtete ihn einen Moment lang, bevor sie aufgab.

Ich war mir nicht sicher, ob sie dachte, sie könnte ihn lösen oder ob es ihr einfach egal war.

Vielleicht machte es ihr nichts aus, dass sie mit mir festsaß?

Ich hatte den ganzen Tag Zeit, sie davon zu überzeugen, dass sie nicht nur eine Aufgabe war.

Das Floß nahm Fahrt auf, denn die Strömung wurde schneller, je mehr wir uns den Stromschnellen näherten.

Wir hatten geplaudert und gelacht und ich hatte fast nicht bemerkt, dass wir uns dem rauen Gewässer näherten.

KAPITEL ACHTZEHN

JAXSON

Was auch immer Ariella mir sagen wollte, es konnte keine große Sache sein. Ich wusste, dass sie früher bei der CIA war und dass nicht einmal ihr damaliger Mann von ihrem Job wusste.

Sie hatte mir einmal gesagt, dass er zwar nicht schuldig an den Finanzverbrechen war, für die er verurteilt worden war, aber er war auch nicht unschuldig.

Ich wusste nicht, was sie damit gemeint hatte, bis sie unter Drogen gesetzt und von dem Monster in seinen Van gezerrt und gefangen gehalten wurde. Zum Glück hatten wir sie gefunden, bevor er ihr noch mehr Schaden zufügen konnte, aber sie war anders.

Jedes Mal, wenn ich die Hand ausstreckte, um sie zu berühren, sie zu umarmen, ihr zu zeigen, dass ich für sie da war, spürte ich, wie sie zögerte.

Vielleicht war es ihr gar nicht bewusst, aber ich merkte es.

„Wie wäre es, wenn wir dieses Gespräch irgendwo führen, wo wir ungestörter sind?" schlug ich vor. „Willst du spazieren gehen?" Wenn sie bereit war, über Ben, ihren Ex-Mann, zu reden, dann war ich bereit, zuzuhören.

Ob ich ruhig bleiben konnte, war eine weitere Hürde, der ich mich stellen musste.

Ihre Hand glitt in meine, als wir nebeneinander hergingen, weg von der Kulisse, hin zum Waldrand in der Ferne.

„Ich will nur nicht, dass du mich hasst, wenn du die Wahrheit erfährst."

Ich könnte sie niemals hassen. Ich könnte enttäuscht sein, aber Hass ist ein starkes Wort.

„Lass mich raten. Du hast Benjamin geheiratet, weil die CIA dir dazu geraten hat?" Ich war mir nicht sicher, ob es das war, was sie mir sagen wollte, aber es war ein Fingerzeig.

Wie weit lag ich daneben?

„Nicht ganz", sagte Ariella. Ihre Hand glitt aus meiner und sie verschränkte die Arme vor der Brust.

Ich blieb dicht neben ihr, unsere Körper berührten sich fast an den Hüften, als wir nebeneinander hergingen.

Ich wartete darauf, dass sie mir erzählte, was sie so gefesselt hatte, dass sogar Ben es geschafft hatte, sie zu erreichen.

„Mein Ex-Mann Ben", wiederholte sie, „ich habe ihn nicht zufällig oder durch Zufall getroffen."

„Du hast ihn observiert", sagte ich.

Sie runzelte die Stirn. „Es war nicht so, dass ich als Außendienstmitarbeiterin undercover gehen sollte. Ich war mit meinem Team von der CIA etwas trinken, und während wir im Büro gegen Benjamin Ryan ermittelten, trafen wir ihn an der Bar. Er starrte mich immer wieder an und kam schließlich zu mir und forderte mich zum Tanzen auf. Es war offensichtlich, dass er mich mochte und mich kennenlernen wollte."

„Dreist." Wenn man bedenkt, was er gestern getan hat, hätte mich sein Schritt nicht überraschen dürfen.

„Ja, ich habe gezögert, aber ich hatte mehr Angst davor, was es für die Ermittlungen bedeuten könnte, ihn abzuweisen. Also tanzte ich mit ihm, trank etwas und dann gab er mir seine Nummer. Er sagte mir, dass ich als Nächstes dran sei."

Das hat mich überrascht. Ich hätte nicht gedacht, dass sie der Typ ist, der sich freiwillig in ein brennendes Gebäude stürzt.

„Ich weiß, was du denkst, ich habe mir das selbst angetan, aber mein Chef hat darauf bestanden, dass ich Ben anrufe."

Meine Hände ballten sich zu Fäusten. Ich würde denjenigen, der ihr Chef war, umbringen, wenn ich ihm begegnete. „Das hätte ich nie gedacht, Sommersprosse."

Das war in keiner Weise ihre Schuld. Auch wenn sie eine schlechte Wahl getroffen hatte, als sie sich mit ihm traf, gab es offensichtlich etwas, das es wert war, gesucht zu werden.

Sie hatte ihn geheiratet. Es war nicht nur wegen ihres Chefs. Sie muss ihn einmal geliebt haben.

Ariella ging weiter, diesmal am Waldrand entlang, bis wir das Ende des offenen Feldes erreichten. „Ben war ein Gentleman, und die Ermittlungen hatten nichts ergeben. Als er mich ein zweites Mal um ein Date bat, wollte ein Teil von mir ihn wiedersehen."

„Aber?" Ich hatte den leisen Verdacht, dass jemand, nämlich ihr Chef, sie zu Ben gedrängt hatte.

„Aber mein Chef bestand darauf, dass, wenn Benjamin Ryan nicht in den Menschenhändlerring verwickelt war, es einer seiner Kollegen oder Freunde sein musste, und dass sie Frauen in das Gebäude schleusten, in dem er wohnte."

Mir wurde ganz flau im Magen bei dem Gedanken an die Gefahr, die dort lauerte. „Könnte es ein Nachbar gewesen sein? Hatte Ben irgendwo in New York ein Apartment oder eine Eigentumswohnung?", fragte ich.

„Das dachte ich auch, er wohnte in einer Wohnung, aber seine Telefonaufzeichnungen wiesen auf seine Beteiligung hin. Es stellte sich heraus, dass sein Bruder Richard bei ihm wohnte. Er war im Gefängnis gewesen und hatte Freunde zu Besuch, als ich nach ein paar Monaten wieder zu ihm kam."

„Was ist passiert?" Offensichtlich war sie noch am Leben und relativ unversehrt. Und sie hatte den Mann sogar geheiratet.

Ariella zuckte mit den Schultern. „Nichts." Sie blieb stehen und wandte sich wieder dem Produktionsgelände zu.

Die Wohnwagen in der Ferne waren klein, und es war schwierig zu erkennen, ob alle gegangen waren oder ob es noch Nachzügler gab. Die meisten waren schon weg, als wir unseren Spaziergang begonnen hatten.

„Du hast es deinem Vorgesetzten nie gesagt?", fragte ich. Das konnte ich nur schwer glauben. Sie schien nicht der Typ zu sein, der die CIA zugunsten eines Mannes verrät.

„Ich habe es gemeldet, und sein Bruder wurde verhaftet, aber da Ben nichts damit zu tun zu haben, schien und ich ihn damals dummerweise mochte, sind wir weiter zusammen gewesen. Offen gesagt war ein kleiner Teil von mir erleichtert, dass es sein Bruder war und die CIA den falschen Mann verfolgt hatte. Nachdem die Wohnung durchsucht worden war, zog Benjamin aus, und alles blieb zurück. Sein Bruder, das Drama, die Ermittlungen, all das gehörte der Vergangenheit an. Soweit ich weiß, haben Ben und Richard nie wieder miteinander gesprochen, und ich habe Ben nie gesagt, dass ich der Grund dafür bin, dass sein Bruder wieder ins Gefängnis geht."

Ich nahm ihre Hand in meine. „Das war wahrscheinlich das Beste. Es wäre nicht gut angekommen und hätte dein Leben noch mehr in Gefahr bringen können."

„Ja, also habe ich ihn stattdessen geheiratet. Tolle Idee", scherzte sie.

„Wir machen alle Fehler. Ein wirklich schlimmer Fehler ist erlaubt", stichelte ich.

Sie drückte meine Hand. „Danke. Ben wusste nicht, dass ich bei der CIA war, bis er im Gefängnis war. Jemand hat es ihm erzählt. Ich weiß nicht, ob es Richard war oder jemand anderes. Deshalb ist er hierhergekommen und er gibt mir die Schuld an allem."

Ich zog sie fest in meine Arme und umarmte sie. „Das ist alles nicht deine Schuld."

Wusste sie das?

„Wir werden Ben finden, und bis wir ihn gefunden haben, wird einer aus dem Team von Eagle Tactical auf dich aufpassen."

„Du gibst mir einen Bodyguard?" Ariella lächelte und lachte über das ganze Gesicht. „Das hätte ich von dir erwarten müssen, aber ich habe das nicht kommen sehen."

„Nun, das hättest du aber", sagte ich.

Die meiste Zeit wollte ich ihr Bodyguard und Beschützer sein, aber wenn ich nicht da sein konnte, würde es einer der anderen Jungs sein, mit denen ich zusammenarbeite, Männer, die mir den Rücken freihielten.

„Heißt das, du nimmst morgen an unserem Lady's Day im Spa teil?" Ihre Hände glitten am Rücken unter mein Hemd und ihre Finger streichelten meine Haut.

Ich wollte derjenige sein, der ihr eine Massage gibt. Vielleicht könnten wir das heute Abend tun. Nur wir beide? „Wie wäre es, wenn ich dir einen kleinen Vorgeschmack auf deinen Wellness-Tag zu Hause gebe?"

Sie zog sich leicht zurück, ihre Arme lagen noch immer um meine Taille, während sie zu mir aufschaute. „Hmmm", sagte sie und dachte darüber nach. „Wird diese Massage zu etwas noch Angenehmerem führen, denn so müde wie ich bin, könnte ich mich auf dieses Arrangement einlassen."

Ich beugte mich vor und verteilte zarte, federleichte Küsse auf ihrem Hals. „Ich möchte dich wach halten."

„Oh, das wäre es wert", sagte Ariella. Eine Hand blieb auf meinem unteren Rücken liegen, die andere fuhr durch mein Haar.

Ihre Berührung fühlte sich wunderbar an, entspannend, hypnotisierend. Ich zog sie näher zu mir und knurrte ihr ins Ohr. „Vielleicht sollten wir dich nach Hause bringen, dich ausziehen und für den morgigen Wellness-Tag vorbereiten."

Ich hatte andere Pläne im Kopf: eine Ganzkörpermassage und ihr süßes Stöhnen und Keuchen, als sie nach mehr verlangte.

KAPITEL NEUNZEHN

ARIELLA

Das Studio war sauer, dass Harper für den Tag abgereist war und die Dreharbeiten unterbrochen wurden, aber wir konnten nichts dagegen tun.

Ich machte mich auf den Weg nach Hause, und Jaxson blieb mir die ganze Zeit auf den Fersen.

Er hatte vor, Izzie vor dem Abendessen abzuholen, aber sie blieb noch ein wenig länger bei ihren Freunden.

Er hatte recht. Es war gut für Izzie, andere in ihrem Alter zum Spielen zu haben. Sie hatte keine Geschwister, und ich war mir nicht sicher, ob ich noch einmal ein Kind bekommen könnte. Ich hatte meinen

Sohn verloren, und bis zum heutigen Tag verfolgte es mich.

Ich hatte die Trauer verarbeitet, aber als ich Ben wiedersah, kamen all diese Gefühle und Erinnerungen wieder hoch.

Er war nicht immer der Bösewicht gewesen. Es gab eine Zeit, in der ich ihn geliebt hatte, aber das war eine Ewigkeit her.

Endlich zu Hause angekommen, sank ich auf die Matratze, den Kopf auf dem Kissen, die Augen geschlossen, nackt.

Jaxsons Wärme und sein Gewicht schmiegten sich an meinen Körper und drückten mich noch tiefer in die Bettlaken.

Er cremte seine Hände mit Lotion ein und rieb seine Handflächen aneinander, um seine Hände zu wärmen, bevor er meine Schultern und meinen Rücken streichelte.

Ein leiser Seufzer entwischte meinen Lippen.

Jaxsons Hände waren stark und fest, und seine Bewegungen lullten mich eher in den Schlaf als alles andere.

Ich hatte erwartet, dass er die Gelegenheit nutzen würde, mich zu verführen, aber er überraschte mich. Seine Hände massierten meinen Rücken in sanften, beruhigenden Bewegungen.

Mein Körper glitt weiter in den Schlummer, entspannt und ohne einen Gedanken oder eine Sorge in der Welt.

Seine Berührung hatte eine heilende Wirkung.

Jaxson hob seine Hüften von meinen, und ich stöhnte auf.

„Willst du, dass ich weitermache?", fragte er. Sein Atem war weich und warm, als er sich näher zu mir beugte und meinen Hals küsste.

„Ja." Es kostete mich jede erdenkliche Kraft, ihm zu antworten.

Seine Lippen waren warm und weich auf meiner Haut. „Schlaf, Sommersprosse."

Ich öffnete meinen Mund, um zu protestieren, aber es kostete mich zu viel Kraft, um zu antworten.

Seine Hände massierten weiter meine nackte Haut, während ich in den Schlaf sank.

———

Ich war nach der besten Massage meines Lebens eingeschlafen. Jaxson hatte gezaubert, und es war nicht im Entferntesten so sexuell, wie ich es erwartet hatte.

Nach dem Abendessen machten wir es uns auf dem Sofa gemütlich und schauten gemeinsam einen Film, sobald Izzie im Bett lag. Skylar taumelte weit nach Mitternacht herein, aber keiner von uns sagte etwas zu ihr. Sie war zwar erwachsen, aber es war klar, dass sie auf einer Party war.

Jaxson gab mir den Tag frei und Hazel sollte am Morgen bei uns vorbeikommen. Wir wollten zusammen frühstücken und dann ins Spa gehen.

Ich brauchte einen Tag Abstand von der Welt, eine Chance, mich zu entspannen und nicht darüber nachzudenken, was mit Ben passiert war.

Die Massage gestern Abend hatte mich in einen friedlichen Schlaf versetzt, frei von Albträumen.

Während ich wach war, schaute ich ständig über meine Schulter und wartete darauf, dass Ben wieder auftauchte.

Was würde ich dafür geben, mich ruhig und sicher zu fühlen.

Jaxson hatte recht.

Ich musste mit jemandem darüber reden und vielleicht würde ein Therapeut helfen? Als ich einen schweren Seufzer ausstieß, ertönte draußen ein lauter Aufprall.

Mein Herz machte einen Sprung und ich sprang auf. Ich eilte zum Fenster und warf einen Blick nach draußen. Ich hatte erwartet, ein Auto zu sehen und gehofft, dass Hazel früh dran war.

Es war niemand da.

Meine Hände zitterten.

Ich vergewisserte mich noch einmal, dass die Alarmanlage eingeschaltet war.

Es war nicht Ben. Er wusste nicht, wo ich wohnte oder wie er mich finden konnte. Selbst wenn er mich in Breckenridge aufgespürt hatte, konnte er nicht wissen, dass ich bei Jaxson wohnte.

Er wusste nicht, dass wir ein Paar sind, und er hatte es auch nicht erwähnt, als ich vor ein paar Tagen von ihm gefangen gehalten wurde.

Vielleicht war es gar keine so schlechte Idee, auf unbestimmte Zeit mit Jaxson zusammenzuleben. Bei Jaxson fühlte ich mich sicher und beschützt.

Die Wahrheit war, dass ich Angst hatte. Angst davor, dass eine Therapeutin mich davon überzeugen würde, auszuziehen und dass eine Beziehung mit meinem Chef eine schlechte Idee war.

KAPITEL ZWANZIG

HARPER

Ich brauchte einen Kaffee, etwas Starkes, mit einem Extra-Schuss Koffein. Ich hatte die letzte Nacht allein in dem beschissenen Motel verbracht. Lincoln und ich hatten in der nahe gelegenen Bar zu Abend gegessen und etwas getrunken, nachdem wir mit dem Rafting fertig waren.

Er war vielleicht heiß, aber er hatte mich angelogen.

Lincoln arbeitete zusammen mit seinen Kumpels als Sicherheitskraft für die Produktion.

Vielleicht hätte ich nicht wütend sein sollen, aber warum hatte er es mir nicht gesagt?

Wusste er, wer ich war, als wir uns das erste Mal im Café begegneten?

Da war ich wieder und brauchte dringend einen Schuss Koffein. Auf dem Weg zum Set hielt ich an dem Café, in dem ich Lincoln zum ersten Mal getroffen hatte.

Wie groß waren die Chancen, dass ich ihn heute wiedersehen würde?

Wahrscheinlich ziemlich hoch, aber das war, als ich am Set ankam. Zum Glück war er heute Morgen nicht da.

Ich atmete erleichtert auf und ging direkt zur Kasse, um meine Bestellung an das Mädchen hinter dem Tresen weiterzugeben. Auf ihrem Namensschild stand *Skylar*.

Es war dasselbe Mädchen, das beim letzten Mal meinen Namen verschluckt hatte.

Wunderbar.

„Harper?" Eine unbekannte Stimme meldete sich hinter mir in der Schlange, um zu bestellen.

Ich beendete meine Bestellung und schob meine Kreditkarte in den Chipleser, bevor ich über meine Schulter blickte. „Ja?"

Ich erkannte den Herrn mit den kurzen, militärisch geschnittenen Haaren und der Brille mit den

Drahtbügeln nicht. Er trug eine blaue Jeans und ein Hemd und sah aus, als wäre er kaum aus der Highschool herausgekommen. „Charles Stone, ich bin vom Hollywood Chronicle."

Er zog sein Schlüsselband mit seinem PRESSE-Ausweis aus der Jeanstasche.

Innerlich stöhnte ich auf.

„Hast du einen Moment Zeit?", fragte er.

Hinter ihm öffnete sich die Ladentür und Lincoln kam hinein.

Konnte dieser Tag noch schlimmer werden?

„Verfolgst du mich etwa?", rief ich Lincoln entgegen, bevor ich meine Aufmerksamkeit wieder auf den Nachrichtenreporter richtete.

Er war nicht von hier.

Der Hollywood Chronicle war ein Unterhaltungsmagazin aus Los Angeles, sodass Lincoln ihn nicht erkannt hätte. „Ja, setz dich zu mir, Charles. Ich besorge uns einen Tisch", sagte ich etwas zu laut, damit Lincoln es hören konnte.

Ich schnappte mir meinen Kaffee von der Theke und beeilte mich, an einen Tisch zu setzen.

Charles übersprang die Schlange und schnappte sich einen Stuhl.

Kluger Mann.

Er war wahrscheinlich besorgt, dass ich meine Meinung ändern würde.

Außerdem stand ich unter Zeitdruck, was er zu erkennen schien. Ich saß Charles an einem runden Tisch gegenüber, ein Bein über das andere gestützt, und starrte an ihm vorbei zu Lincoln.

Lincoln schaute finster drein, während er bestellte, und warf gelegentlich einen Blick in meine Richtung.

War er eifersüchtig? Ich wollte keinen Blickkontakt mit ihm aufnehmen. Ich schob meinen Stuhl hin und her und hoffte, ihn ignorieren zu können. Bald würde er seinen Kaffee getrunken haben und gehen, oder?

Das klappte nicht.

Er stand am Tresen, wartete auf sein Getränk und beobachtete mich ununterbrochen.

„Freund?", fragte Charles und warf einen Blick über seine Schulter.

„Nur jemand vom Set", sagte ich und gab ihm ein Zeichen, weiterzumachen. „Was möchtest du wissen?"

Charles zückte sein Handy. „Darf ich unser Gespräch aufzeichnen?"

„Nur zu."

Er öffnete eine App und nahm einen Audiostream auf. „Danke." Er wirkte jung, aufgeweckt, aber auch so, als wäre ich sein erster Auftrag. „Du bist weit weg von Hollywood", sagte ich und war überrascht, dass er mich in Breckenridge aufgespürt hatte.

Charles lachte leise vor sich hin. „Ja." Er fing an, mich über den Film auszufragen, ob es mir in der Kleinstadt gefiel und was meine Traumrolle sein würde.

Ich hielt meine Stimme leise, um sicherzustellen, dass sie nicht durch das gesamte Café getragen wurde. Außer Charles und Lincoln wusste niemand hier, wer ich war. Zumindest hatte mir niemand besondere Aufmerksamkeit geschenkt. Es war schön, ein Niemand zu sein. Ich konnte mich nicht erinnern, dass ich das jemals zuvor hatte.

„Und eine letzte Frage", sagte Charles, „macht es dir etwas aus, wenn wir draußen ein oder zwei Fotos machen? Ich würde gerne ein Foto für den Artikel haben."

„Wie wäre es, wenn du zum Set kommst und ich dir das Foto während der Mittagspause gebe?"

Ich wollte nicht, dass er Fotos von mir macht, wenn ich nicht geschminkt und frisiert bin. Ich sah nicht gut aus und das Letzte, was ich wollte, war ein Interview mit einem Foto in einem Hollywood-Magazin, das aussah, als wäre ich gerade aus dem Bett gekrochen, was ich ja auch getan hatte.

Ich trank den letzten Schluck meines Kaffees aus, stand auf, ging hinüber und warf den leeren Becher in den Mülleimer. Ich stieß die Glastür auf und ging nach draußen.

Charles folgte mir mit dem Handy in der Hand. „Es ist nur ein Bild. Wir können es später immer noch ausbessern", sagte Charles.

Er zückte sein Handy und fing an, Fotos zu knipsen, ohne meine Bitte zu beachten.

Ich hielt mir die Hand vor das Gesicht.

Arschloch.

Ich war so naiv zu glauben, dass er tatsächlich tun würde, worum ich ihn gebeten hatte. Wahrscheinlich war er einer der Idioten, die in der ersten Nacht, in der ich in der Stadt war, mein Hotel observiert hatten.

„Ich habe nein gesagt!"

„Die Dame hat dich gebeten, sie in Ruhe zu lassen",
antwortete Lincolns schroffe Stimme. Er kam mit
schweren Schritten von hinten.

Ich brauchte ihn nicht, um meine Kämpfe
auszutragen, aber er war um einiges größer und
kräftiger als Charles. Lincoln war in jeder Hinsicht ein
Mann.

„Gut!" Charles schob sein Handy in die Tasche. „Ich
gehe jetzt. Den Schnappschuss, den ich wollte, habe
ich ohnehin schon."

Lincoln knurrte den Mann an und stapfte näher heran.
„Gib mir dein Handy."

„Nein." Charles Unterlippe zitterte.

Lincoln überragte Charles und packte ihn an den
Aufschlägen seines Hemdes. „Ich habe nicht gefragt."

———

Ich hatte keine Zeit, mich mit Charles oder Lincoln zu
beschäftigen. Ich war ohnehin schon spät dran, und
nachdem ich gestern abgehauen war, musste ich
unbedingt zum Set.

Ich eilte zu meinem Auto und ließ die beiden auf dem
Parkplatz zurück. Ich glaubte nicht, dass Lincoln den

Idioten mit dem Hollywood Chronicle tatsächlich angreifen würde, aber wenn er es tat, wollte ich nicht eingreifen.

Ich verließ fluchtartig den Parkplatz, bog scharf links ab und eilte zum Set.

Mein Fuß war auf dem Gaspedal und als ich um eine Kurve fuhr, hielt ein Auto auf der Hauptstraße an.

Ich trat voll auf die Bremse, aber das dauerte zu lange. Ich krachte in die kleine, viertürige Limousine.

Metall knirschte auf Metall.

Mist.

KAPITEL EINUNDZWANZIG

ARIELLA

Ich fühlte mich wie ein dummer Teenager, der aus den Fenster schaute und darauf wartete, dass Hazel auftauchte.

Wir waren zwar nicht die besten Freunde, aber ich kannte auch nicht allzu viele Leute in der Stadt, und in Kleinstädten ist es nicht leicht, Freunde zu finden, vor allem nicht im Winter.

Obwohl der Winter zum Glück vorbei war, erleichterte es das nicht, neue Leute kennenzulernen, wenn ich die meisten Tage mit der Arbeit und die Abende mit Jaxson und Izzie verbrachte. Ich bereute es nicht.

Jaxson war heute bereits unterwegs , um an das Set der Filmproduktion zu gehen. Ich wollte zwar, dass er mit uns die Arbeit schwänzt, aber jemand musste die Verantwortung übernehmen.

Ein Pickup fuhr in die Einfahrt und hielt vor dem Haus an. Mason saß hinter dem Lenkrad.

Hazel stieg aus und winkte mir zu, bevor sie zur Haustür schlenderte.

Ich schaltete den Alarm aus und öffnete die Tür, bevor sie klopfen konnte. „Bist du bereit?" Ich versuchte, den Enthusiasmus in meiner Stimme zu verbergen, aber es gelang mir nur mäßig.

„Ja, aber ich habe den ganzen Morgen gebraucht, um Mason davon zu überzeugen, uns nicht zum Spa zu folgen. Ich musste ihm versprechen, dass ich ihn anrufe, wenn wir einchecken und wenn wir wieder gehen", sagte Hazel.

Ich hätte ihn für übervorsichtig gehalten, wenn wir beide in letzter Zeit nicht schon zu oft gegen unseren Willen entführt worden wären. „Jaxson hat mir dasselbe gesagt, außerdem überwacht er mein Telefon."

„Oh, mein Gott!" kreischte Hazel. Sie warf ihre Arme um mich und begrüßte mich mit einem ordentlichen Hallo.

Mason wendete den Truck und fuhr aus der Einfahrt und den Berg hinunter.

„Bist du bereit für einen Mädelstag?" Ich schaltete die Alarmanlage ein, schloss die Tür und verriegelte sie hinter mir.

Hazel eilte zu meinem Auto und wartete an der Beifahrertür. Es war klar, dass sie genauso aufgeregt war wie ich, herauszukommen und Spaß zu haben.

In wenigen Minuten waren wir auf dem Weg. Ich saß hinter dem Lenkrad und unterhielt mich angeregt mit Hazel. „Du musst mir alles erzählen, was in deinem Leben so passiert ist."

Wir hatten uns gelegentlich SMS geschrieben, aber es gab so viel zu erzählen. Sie war mit Mason zusammengezogen, nachdem er angeschossen worden war, und wir hatten keine Zeit gehabt, uns allein darüber zu unterhalten, wie das war.

„Mein Leben drehte sich um Mason und das war's", sagte Hazel. „Stell dir vor, du kümmerst dich rund um die Uhr um Jaxson."

Das hörte sich gar nicht so schlimm an. „So viel Spaß." Sie klang nicht so, als hätte sie es genossen.

Mason war ein hübscher Kerl, obwohl ich mit ihm nicht gerade einen guten Start hatte, schienen die beiden eine gemeinsame Vergangenheit zu haben.

„Am Anfang hat es Spaß gemacht, Krankenschwester zu spielen, vor allem, wenn ich ein sexy Kostüm anziehen musste", sagte Hazel.

Ich warf ihr einen Blick zu und sah, wie sie errötete, während sie aus dem Fenster starrte. „Und?" Ich bog von der Passstraße ab und fuhr über die Hauptstraße in Richtung Spa.

„Es ist ziemlich schwer, etwas zu unternehmen, wenn er im Bett liegt und keine lustigen Aktivitäten machen darf. Es war eine Qual, Krankenschwester zu spielen und nicht die Dinge machen zu können, die ich mit ihm tun wollte."

Ich kicherte und biss mir auf die Unterlippe. „Aber das ist jetzt nicht mehr der Fall. Oder?" Es war schon Wochen her, dass er angeschossen worden war und der Arzt hatte ihn für den Innendienst freigegeben.

„Wir mussten es langsam angehen", sagte Hazel. „Ich meine, ich bin mir sicher, dass er mehr tun will, und ich auch, aber er benötigt Zeit, um zu heilen."

„Ich verstehe."

„Tust du das? Ich weiß, dass du denkst, dass du und Jaxson ein Geheimnis habt, aber es ist ein sehr offensichtliches Geheimnis. Das weiß wahrscheinlich jeder in Breckenridge", sagte Hazel.

Ich griff fester um das Lenkrad. „Bitte sag mir, dass das ein Witz ist."

Hazel starrte mich an, während ich mich auf die Straße konzentrierte. „Liege ich falsch? Willst du mir ernsthaft erzählen, dass ihr beide nur Freunde seid?"

Ein Reh sprang über die Straße und ich trat auf die Bremse, um nicht in das Tier zu krachen.

Durch den abrupten Stopp rastete der Sicherheitsgurt ein.

Sekunden später wurden wir nach vorn geschleudert, das Metall wurde zusammen geschliffen, als jemand in uns hineinfuhr.

Mein Herz hämmerte in meiner Brust. „Geht es dir gut?", fragte ich.

„Ja."

Ich warf einen Blick in den Rückspiegel. „Harper?", flüsterte ich und schloss die Tür auf.

Ich schnallte mich ab und stieg aus. Überrascht stellte ich fest, dass sie es war, die mein Auto gerammt hatte.

Hazel stieg auf der Beifahrerseite aus. „Geht es dir gut?", fragte Hazel.

„Ja, mir geht's gut." Ich wurde nur ein wenig durchgeschüttelt, aber erleichtert, dass es nur Harper war.

Meine erste Angst war gewesen, dass Ben mich gefunden hatte.

War das irrational? Er war irgendwo da draußen.

Würde ich immer über meine Schulter schauen müssen?

Es gab keine aktuellen Hotel- oder Kreditkartenbelege, um herauszufinden, wo er war, und auch kein Handy, das wir gefunden hatten und das wir hätten orten können.

„Es tut mir so leid", entschuldigte sich Harper. „Ich habe nicht gesehen, dass dein Auto hinter der Kurve angehalten hat."

Ein Pickup verlangsamte seine Fahrt.

„Ernsthaft?", murmelte Hazel leise vor sich hin.

Hat sie sich darüber aufgeregt, dass Harper uns angefahren hat, oder über den herannahenden Fahrer?

KAPITEL ZWEIUNDZWANZIG

HARPER

„Es tut mir leid", entschuldigte ich mich erneut. „Ich habe nicht gesehen, dass du angehalten hast. Wir können einfach die Versicherung austauschen und uns auf den Weg machen."

Ich trat näher heran, um die beiden jungen Frauen, auf die ich aufgefahren war, besser sehen zu können. „Du bist das Mädchen vom Filmset. Die, die entführt wurde."

Diesen Moment würde ich nie vergessen.

Es hat sich für immer in mein Gedächtnis eingebrannt.

Die Brünette stieß einen schweren Seufzer aus. „Ich sollte dir wahrscheinlich dafür danken, dass du versucht hast, Ben aufzuhalten."

Es war mir zwar nicht gelungen, aber wenigstens war sie am Leben. „Ich bin froh, dass es dir gut geht", sagte ich.

Ihr ging es doch gut, oder?

Sie hatte einen Verband auf der Wange, aber sonst sah sie relativ gut aus.

Ein Pickup wurde langsamer und hielt hinter uns an.

Die beiden Mädchen sahen nicht aufgeregt, sondern nur wütend aus. War es, weil ich ihr Auto angefahren hatte? Es war ein Unfall. „Noch mal: Es tut mir leid. Ich werde für den Schaden aufkommen."

„Geht es allen gut?", fragte eine schroffe Stimme, die das Fenster heruntergekurbelt hatte.

„Uns geht es gut, Mason", sagte Ariella. „Ich kann nicht glauben, dass du uns verfolgst!"

Ich griff in meine Tasche nach meinem Handy.

Sollte ich um Hilfe rufen? Würde Lincoln kommen, wenn ich ihn anrufe?

„Wie wäre es, wenn ich Hazel, Ariella und dich mitnehme? Ich kann die Mädchen am Spa absetzen und dich hinfahren, wo du hin müsst." sagte Mason. „Fahr dein Auto an den Straßenrand und ich rufe

Declans Werkstatt an, damit sie die Autos abschleppen und reparieren."

Meiner war ein Mietwagen. „Das ist nicht nötig." Ich kannte diesen Typen nicht. Die beiden Mädchen schon, aber ich kletterte nicht in seinen Wagen.

„Gut", brummte Ariella. Sie bewegte ihr Auto und warf Mason ihre Autoschlüssel zu. Der hintere Teil ihres Wagens hatte sich durch den Aufprall verbogen und war im Vergleich zu meinem Mietwagen am stärksten beschädigt worden.

„Bist du sicher, dass es sicher ist?", fragte ich und flüsterte Ariella meine Frage zu.

Sie gehörte zum Sicherheitsteam für das Produktionsset. Wenn sie ihm vertraute, war es in Ordnung, mit ihm zu gehen.

Oder?

„Er ist mein Freund", sagte Hazel. „Er bringt dich überallhin, wo du in der Stadt hin musst."

„Du solltest mit uns ins Spa kommen", sagte Ariella.

Mensch, das klang perfekt. Aber ich hatte eine Produktion zu drehen. Ich konnte nicht zwei Tage hintereinander abhauen, selbst wenn ich einen

Autounfall hatte. Es half auch nicht, dass der Unfall meine Schuld gewesen war.

„Ich kann nicht", sagte ich.

„Wie wäre es, wenn du nach den Dreharbeiten vorbeikommst?", fragte Ariella. „Wir haben heute Abend einen Mädelsabend."

„Mit Wein!", fügte Hazel hinzu. Es war klar, dass sie aufgeregt war und wahrscheinlich eine Pause von dem benötigte, was sie beruflich tat.

Verdammt, ich brauchte auch eine.

„Du solltest mitkommen", sagte Hazel.

Das hörte sich toll an. „Nur die Mädels?" Ich würde es vermissen, den Abend mit Lincoln zu verbringen, aber er war nur eine Affäre.

Oder etwa nicht?

Außerdem hatte er gelogen, dass er am Set als Security arbeitet. Eine kleine Auszeit war keine schlechte Idee.

In ein paar Tagen werde ich mit den Dreharbeiten fertig sein und wieder in Los Angeles sein.

„Ja", sagte Ariella. „Ich schicke dir die Informationen per SMS, wenn du mir deine Telefonnummer geben kannst."

Ich wollte mir die Eifersucht nicht eingestehen, die durch meine Adern sickerte, als Mason mich am Set absetzte.

Der Regisseur sah nicht begeistert aus, dass ich schon wieder zu spät war. Er stürmte auf mich zu, und bevor er mir vorwerfen konnte, dass ich unverantwortlich sei oder mich nicht um die Rolle kümmern würde, bot ich ihm eine Entschuldigung an.

„Es tut mir leid", entschuldigte ich mich schnell auf dem Weg zum Make-up.

Ich hielt nicht an, um Small Talk zu machen oder eine Entschuldigung vorzubringen.

„Wo zum Teufel ist dein Bodyguard?", schimpfte der Direktor und stapfte hinter mir her.

Ich schluckte den Kloß in meinem Hals hinunter. „Bodyguard?", wiederholte ich.

Meine Stimme war heiser. Er hatte mich unvorbereitet erwischt.

„Ich habe einen Bodyguard?"

Hatte Lincoln deshalb darauf bestanden, in den verdammten Fluss zu springen, um mit mir Rafting zu machen? Sogar nachdem ich ihn am Hafen zurückgelassen hatte, mietete er ein Floß und holte mich ein.

Ich hatte mir eingeredet, dass er Zeit mit mir verbringen wollte.

Dass ich ihm etwas bedeute!

Tränen bedrohten meine Sicht.

Der Direktor spottete leise vor sich hin. „Natürlich hast du jemanden, der jeden deiner Schritte beobachtet. Glaubst du wirklich, dass das Studio dir nach dem letzten Vorfall, als du für mich gearbeitet hast, vertraut hat?"

Die Sonne brannte, und die Luft fühlte sich heiß und stickig an.

„Du weißt nichts über mich." Ich eilte in den Schminkwagen, knallte die Tür hinter mir zu und schloss sie ab.

Die junge Frau, Melissa, saß auf dem Bett. Sie hatte ihre Aufmerksamkeit auf ihr Telefon gerichtet, als ich durch die Tür stürmte. „Tut mir leid, dass ich zu spät bin. Ich bin heute Morgen auf dem Weg hierher in ein Auto reingefahren."

Ihre Augen weiteten sich, und sie stand auf. „Geht es dir gut?" Ihr Blick schweifte über mich.

Sah ich nicht gut aus? „Ja, ich bin nur ein bisschen daneben."

Es war schwer, nicht aufgeregt zu sein, zusammen mit dem Argument des Direktors, das nicht einmal berücksichtigte, was ich über Lincoln gehört hatte.

Er war doch mein Bodyguard, oder nicht?

Ich hatte ihn am Set und in der Freizeit gesehen. Fast jede Nacht war er bei mir, seit ich in der Stadt angekommen war.

War das geplant gewesen?

Mein Instinkt sagte mir, ich sollte weglaufen, aber ohne Auto hatte ich keine Möglichkeit zu gehen. Ich ließ mich in den Stuhl vor dem Spiegel fallen, mit einem finsteren Blick, während Melissa auf mich zukam.

„Kann ich mir vielleicht dein Auto leihen?"

KAPITEL DREIUNDZWANZIG

LINCOLN

Ich schnappte mir das Handy des Mistkerls und zerschmetterte es in tausend kleine Stücke, bevor ich das Café verließ.

Wie konnte er es wagen, Fotos von Harper zu machen, wo sie ihn doch ausdrücklich darum gebeten hatte, das nicht zu tun, und ihn sogar auf das Set eingeladen hatte.

Was für ein Idiot!

Der Trottel hatte mich dazu gebracht, Harper aus den Augen zu verlieren. Ich sollte ein Auge auf sie haben, auch aus der Ferne, aber ich hatte es versäumt, das zu tun. Dass ich nur wenige Augenblicke nach ihr im Café auftauchte, war kein Zufall.

Auf meinem Handy war ein Alarm eingestellt, der mich alarmierte, wenn sie unterwegs war.

Ich eilte zum Set und verlangsamte den Truck, als ich ihr Auto und das von Ariella am Straßenrand liegen sah.

Ich schlug meine Hand gegen das Lenkrad. „Scheiße."

Wo war sie jetzt?

Ich benutzte die Freisprecheinrichtung meines Fahrzeugs und rief Jaxson an.

„Alles in Ordnung? Wo bist du?", fragte Jaxson.

„Ich bin spät dran. Harper scheint Schwierigkeiten zu haben, ihr zu folgen. Ich musste mich um einen Reporter kümmern und bin fast am Set, aber mir sind zwei Autos am Straßenrand aufgefallen, und eines davon war Harpers", sagte ich. Ich ging nicht weiter darauf ein, weil ich Jaxson nicht beunruhigen wollte.

Hatte Ariella ihn angerufen?

Wo waren die Mädchen hin? Hatte ein Fremder sie abgeholt?

„Harper ist erst vor ein paar Minuten aufgetaucht. Der Direktor scheint ziemlich sauer zu sein. Ich sollte dich warnen. Er hat durchsickern lassen, dass das Studio einen Bodyguard für sie angeheuert hat."

Warum zum Teufel hatte der Regisseur das getan? Wollte er mir das Leben zur Hölle machen?

„Wunderbar", murmelte ich vor mich hin. Es war unwahrscheinlich, dass Harper mich den Abend mit ihr verbringen und auf sie aufpassen lassen würde.

Ich machte mir keine Sorgen darüber, dass sie allein im Hotel war, sondern darum, in welche Schwierigkeiten sie geraten könnte, wenn sie allein ist.

Sie war nie nur eine Aufgabe gewesen. Ich wollte Zeit mit ihr verbringen.

Inzwischen hatte sich herumgesprochen, dass ein Hollywood-Starlet und ein Filmteam im Tal waren. Das Letzte, was ich gebrauchen konnte, war, dass Harper von der Presse belästigt wurde.

„Ariella rief mich auf dem Weg zum Spa an. Sie hat Harper für heute Abend zu einem Frauenabend eingeladen."

Interessant. Seit wann hatte sich Harper mit Ariella angefreundet? Ich hatte sie noch nie zusammen gesehen, außer die beiden verlassenen Autos am Straßenrand. „Hat Ariella etwas über ihr Auto gesagt?"

„Ja, Harper ist in sie hineingekracht, als die Mädchen kurz davor waren, ein Reh anzufahren, das über die Straße lief", sagte Jaxson.

Er schien Harper wegen des Unfalls nicht böse zu sein. „Ist alles in Ordnung?"

Ich fuhr auf den Parkplatz der Produktionsstätte und stellte den Truck ab. Ich griff nach meinem Telefon, als es von den Lautsprechern zurück auf mein Handy schaltete.

„Nur ein wenig durchgeschüttelt. Ariella und Hazel sind wie geplant in die Therme gefahren. Mason hat sie alle mitgenommen."

Als ich aus dem Truck kletterte, atmete ich erleichtert auf. Wenigstens war es nicht Ben, der sich die Mädchen geschnappt oder sie gezwungen hatte, mit ihm zu fahren. Die meisten Leute in der Stadt waren freundlich und boten gerne eine Mitfahrgelegenheit an, aber es gab ein paar Leute, die früher abseits des Netzes gelebt hatten und die mich beunruhigt hätten.

Die meisten dieser Leute waren vor ein paar Monaten bei einem Überfall ums Leben gekommen. Es gab ein paar Leute, die auf mysteriöse Weise überlebt hatten. Das waren die Leute, um die ich mir Sorgen machte, die unbeschadet davongekommen waren.

Ich hängte mir meinen Ausweis um den Hals. Das Schlüsselband schwang, als ich mit beschleunigtem Tempo zum Set schlenderte. Auch wenn ich nicht vorhatte, zu spät zu kommen, war ich nicht gut in Form.

Als ich Jaxson erblickte, beendeten wir das Gespräch und ich steckte mein Handy in meine Tasche. Ich warf ein Auge auf Harpers Wohnwagen. Ich bezweifelte, dass sie da drin war. Wahrscheinlich war sie beim Friseur und Make-up oder in der Garderobe und machte sich fertig.

Ein paar Schritte entfernt auf der anderen Seite des Rasens hielt der Regisseur sein Telefon ans Ohr und hämmerte auf einen der Wohnwagen ein.

„Du kannst dich von deiner Karriere verabschieden!", rief der Regisseur.

Die Tür des Anhängers schwang auf und Harper stapfte die Treppe hinunter.

Jaxson und ich tauschten Blicke aus. Wir waren angeheuert worden, um Harper zu beschützen und das Set von Schaulustigen freizuhalten. Aber sie sah nicht so aus, als bräuchte sie im Moment einen Beschützer.

Sie konnte auf sich selbst aufpassen.

„Wirklich?", schnaubte sie und stürmte auf ihn zu. Obwohl sie kleiner war, wirkte sie nicht im Geringsten eingeschüchtert von ihm. „Vielleicht sollte ich deine Frau anrufen und ihr erzählen, wie du mich dazu gezwungen hast, Nacktfotos zu machen, damit ich meine erste Hauptrolle bekomme, und wie du sie dann an die Boulevardpresse weitergegeben hast?"

Das Gesicht des Direktors wurde knallrot. „Du wolltest diese Fotos machen."

„Den Teufel habe ich getan!", brüllte Harper. Es schien ihr egal zu sein, wer sie hörte oder was gesagt wurde.

Ich wartete darauf, dass dem Regisseur Dampf aus den Ohren schoss. „Wenn das Studio dich feuert, komm nicht zu mir angekrochen, um deine Karriere zu retten."

Er stürmte davon und warf sein Klemmbrett auf den Rasen wie ein Kind, das einen Wutanfall hat.

Ihre Hände ballten sich zu Fäusten.

Sie drehte sich auf den Fersen um und richtete ihren Blick auf mich.

Scheiße.

KAPITEL VIERUNDZWANZIG

HARPER

Der Direktor war ein Arschloch erster Güteklasse.

Ich hatte schon zu oft mit ihm zu tun gehabt, und heute war ich nicht in der Stimmung, meine Lippen zuzuknöpfen und auf Eierschalen zu gehen.

Das konnte jemand anderes für ihn tun.

Es war mir egal, ob ich aus dem Job gefeuert wurde. Es war ein lausiger Schauspieljob für einen Film, der ohnehin ein Flop geworden wäre.

Lincoln beobachtete mich von der anderen Seite des Sets.

Hatte er den Ausbruch zwischen dem Regisseur und mir gehört?

Na toll.

Ich fuhr mir mit der Hand durch die Haare und scherte mich einen Dreck um die Produktion. Der Regisseur war weggestürmt und ich war nicht in der Stimmung, ein fröhliches Gesicht aufzusetzen und so zu tun, als wäre ich jemand, der ich nicht bin.

An manchen Tagen konnte ich in diese Rolle schlüpfen, aber nach dem Unfall heute Morgen fühlte sich meine Welt wie auf den Kopf gestellt an.

Da half es auch nicht, als ich erfuhr, dass Lincoln vom Studio als mein persönlicher Bodyguard angeheuert worden war.

Er zögerte nicht im Geringsten. Lincoln kam auf mich zu und verringerte den Abstand zwischen uns.

Wie viel hatte er von dem Regisseur gehört? Ich kniff mir in den Nasenrücken. Wenn er hier war, um mir einen Vortrag über professionelles Handeln oder einen anderen Mist zu halten, war ich nicht in der Stimmung.

„Ist alles in Ordnung mit dir?", fragte Lincoln, seine Stimme war sanft und ruhig, aber bestimmt.

„Nein." Nichts fühlte sich gut an.

Meine Welt geriet völlig aus den Fugen und während ich gestern vielleicht leichtsinnig und dumm war und während der Dreharbeiten vom Set weglief, war heute ein neuer Tag. Ich hatte mir geschworen, den Job ernst zu nehmen und die Zeit der Schauspieler und der Crew zu respektieren.

Das hatte wenig gebracht.

Die Wahrheit war, dass ich weglaufen wollte, aber ich hatte kein Auto. Es stand am Straßenrand. Vielleicht hätte ich es zum Set fahren sollen. Dann hätte ich wenigstens noch ein Fahrzeug gehabt, mit dem ich mich hätte fortbewegen können. Aber ich war mir nicht sicher, ob es noch fahrtüchtig war. Die Frontpartie war ziemlich stark beschädigt.

Die restlichen Darsteller und die Crew begannen, für den Tag zusammenzupacken. Da der Regisseur weg war, bedeutete das einen weiteren Tag ohne Dreharbeiten.

„Soll ich dich an einen anderen Ort bringen?", fragte Lincoln.

Ein anderer Wachmann kam auf uns zu. „Ist alles in Ordnung?", fragte er.

Ich warf einen Blick auf sein Namensschild: Jaxson. „Sie sind Ariellas Ehemann, richtig?"

Er schien von der Frage überrascht zu sein. „Ich bin nicht ihr Mann. Wir sind nur Freunde. Kollegen."

„Oh, ich bitte um Entschuldigung." Ich hatte gedacht, sie wären zusammen, als sie ihn in Masons Truck angerufen und erwähnt hatte, dass er heute Abend während des Mädelsabends nicht zu Hause sein würde.

Ich hatte mich geirrt. „Ich habe das missverstanden. Kannst du mich zum Spa mitnehmen, wo die Mädchen sind? Ich könnte einen Tag für mich gebrauchen."

Ich wollte nicht, dass Lincoln mich irgendwohin fährt und Melissa war nicht bereit, die Schlüssel für ihr Auto herauszugeben. Ich konnte es ihr nicht verübeln, ich hätte die Schlüssel auch nicht gegeben, nachdem ich meinen Mietwagen beschädigt hatte.

Jaxson warf einen Blick auf Lincoln und nickte. „Ja, natürlich. Folge mir."

„Danke." Ich ließ Lincoln stehen, während ich mit Jaxson zum Parkplatz eilte.

Es war nicht so, dass ich Lincoln nicht vertraute, aber ich war auch wütend auf das, was er getan hatte.

Er hatte mich belogen. Er hatte gestern beim Rafting oder am Vortag jede Gelegenheit gehabt, mir die Wahrheit zu sagen.

Stattdessen hatte er sein kleines, schmutziges Geheimnis für sich behalten.

„Alles in Ordnung?", fragte Jaxson. Er schloss seinen Truck auf und ich ging auf die Beifahrerseite, während er hinter das Lenkrad kletterte.

„Alles prima."

Er lachte leise vor sich hin. „Mensch, du klingst wie meine Tochter."

„Du hast ein Kind?" War Ariella die Mutter? Das ergab Sinn, denn so konnten sie zusammenleben.

Er lächelte mit zusammengekniffenen Augen und antwortete nicht auf meine Frage. Er schien seine Tochter zu beschützen. Das war kein schlechter Charakterzug.

Seufzend warf ich einen Blick zurück zum Studio, als Jaxson den Parkplatz verließ. Von Lincoln war keine Spur mehr. „Hey, kann ich dich etwas fragen?"

„Schieß los", sagte Jaxson.

War es ein Zufall, dass Lincoln mich an diesem Morgen im Coffee Shop gefunden hatte? „Wenn du jemanden finden und ausfindig machen müsstest, wie würdest du das machen?

Jaxson drehte das Radio leiser und rutschte auf dem Fahrersitz hin und her.

Er schaute mich mit hochgezogener Augenbraue an. Er antwortete nicht auf meine Frage.

„Rein hypothetisch?"

Schweigen erfüllte den Truck.

„Falls du dich fragst, woher Lincoln wusste, dass du am Fluss bist: Wir haben deinen Handy-Standort geortet."

Es war mir nicht einmal in den Sinn gekommen, mein Telefon wegzuwerfen.

Diesen Fehler würde ich nicht noch einmal machen.

———

Ich ging ins Spa und reservierte eine Massage. Ich hatte noch zwanzig Minuten bis zu meinem Termin.

Ich schaute auf die Uhr, kramte mein Handy aus der Tasche und warf es in den nahe gelegenen Mülleimer. „Verfolge mich jetzt", murmelte ich vor mich hin.

Lincoln wusste, wo ich war, aber er würde nicht wissen, wann ich ging oder wohin ich danach ging.

Ich bezweifelte, dass die Produktion weitergehen würde. Wenn der Regisseur sauer war und drohte, das Studio zu kontaktieren, werde ich bis morgen früh gefeuert.

Ich weigerte mich, vor ihm zu kriechen oder ihn um Vergebung zu bitten. Er war der Grund dafür, dass das Studio mir einen Bodyguard aufzwang und darauf bestand, dass man mir nicht trauen könne. Ich benötigte keinen Schutz. Ich war nicht hilflos oder eine Jungfrau in Nöten, verdammt noch mal!

Ich hatte zwar Fehler gemacht und Dinge getan, die ich nicht hätte machen sollen, aber in diesen seltenen Fällen war ich unter Drogen gesetzt oder gezwungen worden.

Die Sünden der Vergangenheit verfolgten mich wie ein Schatten, dem ich nicht entkommen konnte.

„Harper?"

„Ariella?" Hazel stand neben ihr. „Ich dachte, ihr hättet beide Wellness-Termine?" Waren sie schon fertig?

„Unsere Termine wurden nach hinten verschoben, als wir heute Morgen zu spät kamen. Sie waren wirklich nett und haben uns einen späteren Termin gegeben. Was machst du denn hier?", fragte Ariella. „Hast du beschlossen, mit uns einen Mädchentag zu verbringen?"

Ich musste mich unbedingt entspannen. „Ja, das kann man so sagen."

„Willst du, dass ich versuche, uns alle zusammen zu buchen?" fragte Ariella.

„Klar." Ich konnte Gesellschaft und ein freundliches Gesicht gebrauchen. „Danke."

Ariella eilte zur Empfangsdame und erklärte, dass wir drei befreundet waren, und fragte, ob man etwas tun könne, um uns alle zusammen für unsere Termine unterzubringen.

———

Jeder Zentimeter meines Körpers tat weh.

Der Autounfall war schuld daran, obwohl es ganz allein meine Schuld war, machte das die Schmerzen nicht weniger.

Neunzig glückliche Minuten mit einer heißen Frau, die mir eine Ganzkörpermassage verpasst hat, waren eine wahre Wohltat.

So wütend ich auch auf Lincoln war, die Hitze hatte sich verflüchtigt und ich fühlte mich viel entspannter.

Nach der Ganzkörpermassage bekamen wir alle eine Gesichtsbehandlung und anschließend eine Maniküre und Pediküre.

Der Morgen war zwar ein Reinfall gewesen, aber zumindest der Nachmittag wurde definitiv besser. Als wir mit dem Spa fertig waren, rief Hazel Mason an, um uns zu Ariellas Wohnung zu fahren.

Hazel steckte das Handy in ihre Tasche. „Er braucht noch etwas. Er ist mit Jaxson zum Mittagessen verabredet. Sie haben vorgeschlagen, dass wir auch einen Happen essen gehen.

„Gibt es hier in der Nähe einen Ort, an dem wir essen können? fragte ich. Ich kannte mich in der Stadt nicht aus.

„Folge uns. Wir kennen diese Stadt in- und auswendig", sagte Ariella.

Sie führten mich zu einem kleinen Café nebenan. Für Mitte der Woche schien das Lokal überfüllt zu sein. Wir warteten ein paar Minuten, bis wir einen Platz bekamen und wurden zu einem Tisch geführt.

Die Gespräche um uns herum überschlugen sich und der Lärm im Restaurant nahm mit den Stimmen der anderen zu. Während es schwierig war, Ariella und Hazel zu verstehen, war es nicht besonders schwer, den Herrn einen Tisch weiter zu hören, der hinter mir saß.

Es schien, als hätte das Restaurant einen zusätzlichen Tisch und Stühle aufgestellt, um uns unterzubringen, aber wir hatten nur wenig Platz für uns.

„Ich biete Ihnen das Doppelte Ihres Preises", sagte der Herr. Er hatte einen italienischen Akzent und ich versuchte, mich nicht umzudrehen. Ich hatte das Gefühl, auf seinem Schoß zu sitzen.

„Und warum solltest du das tun, Enzo?", fragte eine andere Männerstimme.

Enzo? Ich erkannte diesen Namen.

Nein.

Das konnte nicht sein. Ich hielt den Atem an und wollte mich nicht umdrehen, um zu sehen, ob es stimmte.

Enzo Ricci.

Die Mädchen lasen in ihren Speisekarten. Ich tat so, als wäre ich an meiner interessiert, während ich das Gespräch hinter mir mitbekam. Es war unmöglich, nicht zu hören, welche Abmachung zwischen ihnen getroffen wurde.

Konnten Ariella und Hazel es auch hören?

Es schien sie nicht zu interessieren. Vielleicht waren sie zu weit weg. Im Restaurant war es laut und ziemlich chaotisch.

„Ich ziehe es vor, meine Konkurrenten aufzukaufen, anstatt andere Methoden anzuwenden", sagte Enzo.

Ich schluckte den Kloß in meinem Hals hinunter. Die Stimme kam mir nicht mehr nur bekannt vor, ich war mir sicher, dass es Enzo Ricci war, mein Mann.

KAPITEL FÜNFUNDZWANZIG

ARIELLA

Harper hielt ihre Speisekarte hoch, ohne zu bemerken, dass ich versucht hatte, ihre Aufmerksamkeit zu gewinnen. Das Restaurant war überfüllt, aber sie schien abgelenkt zu sein.

„Ich glaube, sie hört dich nicht", sagte Hazel.

Ich legte meine Speisekarte weg und wartete darauf, dass Harper aufschaute.

Sie rührte sich nicht im Geringsten.

Unser Tisch war in das Café eingepfercht, sodass wir kaum Platz für unsere Ellbogen hatten, geschweige denn für Privatsphäre.

Obwohl ich keine Gespräche mitbekommen konnte, bemerkte ich Jayden, der direkt hinter Harper am Tisch saß.

Ich hatte ihn noch nicht persönlich kennengelernt, aber ich wusste von ihm. Jeder in Breckenridge wusste inzwischen, dass er einer der wenigen überlebenden Aussteiger war.

Wie hatte er das Massaker der russischen Mafia überlebt, als sie hier einmarschiert waren und alle abgeschlachtet hatten?

Ich erkannte den Mann, der bei Jayden war, nicht. Ich konnte mich nicht erinnern, ihn schon einmal in der Stadt gesehen zu haben. Der geheimnisvolle Mann trug einen teuren Anzug und war schick gekleidet, offensichtlich gut situiert.

Es fiel auf: Jayden trug eine dunkle Jeans und ein weißes T-Shirt, das seine Brust umspielte. Er war groß, aber nicht größer als der geheimnisvolle Mann, der ihm gegenübersaß.

„Harper", sagte ich und versuchte erneut, ihre Aufmerksamkeit von der Speisekarte abzulenken.

Sie ließ die Speisekarte sinken, ihre Augen waren weit aufgerissen und voller Angst.

„Was ist los?", fragte ich.

Hatte sie ihr Portemonnaie vergessen? Sie sah erschrocken aus.

„Ich muss—" Harper stand auf und beendete ihren Satz nicht. Sie schnappte sich ihre Handtasche vom Stuhl und verließ fluchtartig das Restaurant.

„Toilette?", vermutete ich und warf einen Blick auf Hazel. Vielleicht konnte sie entschlüsseln, was ich verpasst hatte. Wohin war sie denn sonst gegangen?

Hazel nippte an ihrem Glas Wasser. „Geh du nach ihr sehen. Ich werde hier warten."

„Danke." Ich stand auf und eilte Harper hinterher, um herauszufinden, was passiert war.

Was hatte ich verpasst?

Vielleicht ging es ihr nicht gut. Ich folgte ihr auf die Toilette.

Harper stand an dem Waschbecken, die Hände auf beiden Seiten des Porzellans. Die Farbe war aus ihrem Gesicht verschwunden.

„Was ist hier los?", fragte ich.

„Ich habe seine Stimme gehört."

„Wessen?", fragte ich und ging einen Schritt näher. Ich legte eine Hand auf ihren Rücken. Ihr Körper zitterte.

„Enzo, mein Mann."

Mist.

Seit wann war sie verheiratet? Ich fuhr mir mit der Hand durch die Haare, überrascht von der Nachricht. „Du bist verheiratet?" Meine Stimme quietschte und verriet mich. Lincoln würde noch mehr schockiert sein als ich und nicht glücklich darüber sein.

Ich hatte noch nie davon gehört, dass sie jemanden geheiratet hatte, aber ich las auch keine Boulevardzeitungen und las auch nicht die Klatschspalten in den Unterhaltungsblättern. Ich hatte schon vor ihrer Ankunft in Breckenridge von Harper Madison gehört.

„Ich habe ihn in Vegas bei einem Filmdreh kennengelernt. Er war romantisch und charmant, und ich habe mich richtig betrunken. Der Rest ist verschwommen, außer dass ich am nächsten Morgen mit seinem riesigen Diamantring an meinem Finger aufgewacht bin", sagte Harper.

„Was hast du getan?"

„Ich bin weggerannt. Vor ein paar Monaten sah ich im Fernsehen einen Beitrag über die Mafia und das organisierte Verbrechen in Amerika. Enzo war mit seinen Kumpels zu sehen, dieselben Typen, die mich in jener Nacht abgefüllt hatten."

„Scheiße", fluchte ich leise vor mich hin. Die Toilettentür schwang auf und ich erstarrte, weil ich befürchtete, dass Enzo hereinstürmen und sich zu uns gesellen würde.

Das tat er aber nicht.

Es war eine der Kellnerinnen. Sie ging auf eine Kabine zu.

Erleichtert atmete ich auf und wartete, bis die Haupttür geschlossen war, um zu sprechen. „Wir werden das schon schaffen. Mason ist auf dem Weg. Er wird nicht zulassen, dass dir etwas zustößt. Hat Enzo dich gesehen?" Es konnte kein Zufall sein, dass er in Breckenridge aufgetaucht war.

Harper rieb sich die Stirn und spritzte sich kaltes Wasser ins Gesicht. „Nein, ich glaube nicht."

„Das ist gut", sagte ich. „Ich kann zurück zum Tisch gehen, die Rechnung holen und Hazel soll uns draußen treffen.

Die Kellnerin trat aus der Kabine. „Geht es dir gut?", fragte sie. „Soll ich euch helfen?"

„Ich glaube, wir sind okay", sagte Harper und lächelte schwach.

Ich schickte Hazel eine SMS, dass wir uns draußen treffen und später etwas essen sollten, und Mason, dass er sich beeilen sollte, weil wir ein Problem hatten.

Hoffentlich schaffte er es, bevor Enzo uns entdeckte.

Ich ging zuerst aus der Toilette und vergewisserte mich, dass niemand draußen wartete, um Harper zu schnappen. Ich hatte keine Ahnung, ob Enzo gewalttätig war oder nicht.

War er nach Breckenridge gekommen, um seine Frau zu holen und sie mit nach Hause zu nehmen?

„Komm mit." Ich führte sie durch den Flur und bog scharf rechts ab, um das Restaurant zu verlassen. Ich warf einen Blick zurück an den Tisch, aber es war zu schwer zu erkennen, ob Hazel schon gegangen war oder ob Enzo noch mit Jayden zusammen saß.

Was hatten Enzo und Jayden gemeinsam? Warum waren sie zusammen beim Mittagessen?

Wir eilten durch den Haupteingang hinaus und standen draußen, um Hazel einzuholen.

„Was ist hier los?", fragte Hazel. „Geht es dir gut?" Ihre Aufmerksamkeit war ganz auf Harper gerichtet.

Harper schlang ihre Arme um sich. „Ich bin nur jemandem begegnet, der nicht hier sein sollte."

Sie ging nicht näher darauf ein.

Hatte sie Angst, dass Lincoln es herausfinden würde, wenn sie es Hazel erzählte? Ich konnte es nicht geheim halten. Es war zu groß, und Harper war in Gefahr.

Oder etwa nicht?

Mason fuhr mit seinem Truck vor und entriegelte die Türen. „Seid ihr okay?"

„Jetzt schon", sagte Harper. Sie riss die Hintertür auf und hüpfte auf den Rücksitz. Ich kletterte neben ihr hinein.

Wollten wir wirklich nicht über Enzo und die Tatsache, dass sie ihn geheiratet hatte, sprechen? Wenn es ein Moment des Bedauerns war, an den sie sich nicht erinnerte, gab es Möglichkeiten, das zu ändern.

Die Scheidung war die erste Option, die mir in den Sinn kam.

Wovor hatte sie Angst?

KAPITEL SECHSUNDZWANZIG

HARPER

Mason fuhr uns zu Ariellas Haus auf dem Berg.

Ich schaute gelegentlich zurück, um sicherzugehen, dass Enzo uns nicht gefolgt war.

Würde er heute Abend vor meinem Hotelzimmer warten, wenn ich nach Hause komme?

Wie lange konnte ich ihm aus dem Weg gehen?

„Kann mir jemand sagen, warum ich so schnell rüberkommen musste?", fragte Mason.

„Ich weiß es nicht", sagte Hazel. Sie warf einen Blick aus dem Seitenfenster. „Vielleicht können dir Ariella oder Harper antworten."

„Danke dafür", murmelte Ariella leise. „Wir haben jemanden gesehen, mit dem wir uns nicht unterhalten wollten und dachten, es wäre eine gute Idee, zu gehen.

Hazel drehte sich auf dem Beifahrersitz um, und sah uns an. „Bevor wir überhaupt das Mittagessen bestellt haben? Du hast Geheimnisse vor mir, und das gefällt mir nicht."

Mason warf einen Blick in den Rückspiegel. Sein Blick landete auf mir. Wenn ich es ihm erzählte, würde er es nicht all seinen Kumpels erzählen und es würde auch Lincoln erfahren?

Nein, danke.

„Du wirst es ihm sagen müssen", sagte Ariella. Sie stupste mich mit ihrem Ellbogen an. „Du kannst Mason vertrauen."

„Richtig? Also kann er zurückfahren und es Lincoln erzählen?" Ich stieß einen lauten Seufzer aus und verschränkte die Arme vor der Brust. „Das ist das Letzte, was ich jetzt gebrauchen kann, noch mehr Drama."

Ich habe nicht mit Lincoln geredet. Ich war gerade erst darüber hinweggekommen, dass er für die Sicherheit am Set zuständig war, und heute hatte ich herausgefunden, dass er mein Bodyguard war.

Zu sagen, dass ich wütend auf ihn war, wäre eine Untertreibung. Ich konnte ihn nicht einmal ansehen, ohne dass ich überkochte.

Hatte er jede Nacht, die wir zusammen unter den Sternen oder in meinem Wohnwagen verbracht hatten, nur wegen seines Jobs verbracht?

Ariellas Stimme war sanft und leise, als sie sprach. „Enzo ist aus einem bestimmten Grund hier."

Ich wusste das. Deshalb war mein Magen wie verknotet und ich wollte nichts lieber, als nach Hause gehen.

Ich hatte mein Handy zerstört. Ich hatte keine Ahnung, ob das Studio mich kontaktiert hatte, um mich zu feuern.

Vielleicht könnte ich mich ein paar Tage bei Ariella verstecken und den ganzen Scheiß, der sich zusammenbraute, einfach über mich ergehen lassen.

Mason räusperte sich. „Hat Enzo einen Nachnamen?" Er tat nicht einmal so, als ob er nicht hören konnte, was zwischen uns gesagt wurde.

„Nein." Mit zusammengebissenen Zähnen weigerte ich mich, es ihm zu verraten. Wenn ich das täte, würde er die Wahrheit herausfinden, dass ich mit Enzo verheiratet bin.

Mason fuhr den Wagen vor das Haus und stellte den Motor ab. Er stieg mit uns aus und ging mit bis zur Haustür.

Wollte er nur sichergehen, dass wir hineinkommen, oder hatte er vor, zu bleiben?

Wir folgten ihm bis zur Veranda und Ariella kramte ihren Schlüssel hervor. Sie schloss die Tür auf und ließ uns hinein, während sie die Alarmanlage entschärfte. „Es ist Mädelsabend, das heißt, du müsst gehen", sagte Ariella und schob Mason zur Tür hinaus.

Er machte einige Schritte rückwärts, blieb aber auf der Veranda stehen. „Stell den Alarm ein und mach niemandem die Tür auf", sagte Mason.

„Entspann dich. Jaxson wird heute Abend spät nach Hause kommen. Ich verspreche, dass deiner Freundin nichts passieren wird", neckte Ariella.

„Tschüss!" Hazel warf ihm einen Kuss zu und winkte kichernd. „Mach die Tür zu!"

Ariella schlug die Haustür zu und schaltete die Alarmanlage ein.

Ich stand am Fenster und beobachtete, wie Mason zu seinem Truck ging. „Fährt er wirklich weg?", fragte ich.

„Das sollte er besser", sagte Hazel, schaltete das Licht an und machte es sich gemütlich. „Wo ist der Wein?"

―――――

„Wie geht es Bear?", fragte Ariella.

„Super süß und knuddelig", sagte Hazel. „Sie ist der Hund, den wir von Masons Onkel adoptiert haben, als er starb. Sie ist wirklich die süßeste. Ich kann mir nicht vorstellen, dass sie keine Menschen mag. Ich schwöre, sie leckt mich nur ab oder kuschelt mit mir."

„Das klingt nach Mason", kicherte Ariella und nahm einen Schluck Wein.

„Halt die Klappe!" Hazels Augen verengten sich, als sie Ariella anschaute.

„Was ist mit dir?" Ariella richtete ihre Aufmerksamkeit auf mich.

„Keine Haustiere", antwortete ich etwas zu schnell und hoffte, dass sich das Gespräch mehr um Tiere als um Freunde drehte.

Hazel lehnte ihren Kopf zurück und trank ihr Glas Rotwein aus. Sie schnappte sich die Flasche und füllte ihr Glas nach. „Noch jemand?"

„Mir geht's gut." Ich brauchte später keine Kopfschmerzen oder einen Kater. Ich war immer noch nervös, nachdem ich Enzo im Restaurant gesehen hatte.

„Mach mein Glas voll", sagte Ariella und wackelte mit ihrem Glas vor der Weinflasche.

„Du musst es ruhig halten, sonst mache ich eine Sauerei", sagte Hazel. „Ich kann nicht in ein Glas einschenken, das nicht still steht."

„Das liegt an meinem Zittern."

„Nein, das liegt daran, dass du betrunken bist", sagt Hazel und schnaubt. „Netter Versuch."

„Hey, ich gehe aufrechter, wenn ich betrunken bin", erwiderte Ariella.

Hazel schüttelte den Kopf und rollte mit den Augen. „Siehst du, womit ich zu tun habe?" Sie richtete ihre Aufmerksamkeit wieder auf Ariella. „Nein, du läufst nicht aufrechter, wenn du betrunken bist. Du merkst nur nicht, dass du umfällst. Das ist ziemlich amüsant."

Ich nippte an meinem Drink und nahm das Geplänkel zwischen den beiden auf. „Wie lange kennt ihr beiden euch schon?", fragte ich.

Es schien, als wären sie schon immer Freunde gewesen.

„Nicht so lange", antwortete Hazel. „Wir sind durch die Arbeit Freunde geworden." Sie hob das Glas an ihre Lippen.

Wollte sie der Frage ausweichen? Ich war mir nicht ganz sicher.

„Wir sollten das Nachbarhaus mit Toilettenpapier auskleiden!" Ariella quietschte. Ihre Augen waren groß und sie war aufgeregt .

Das hörte sich nach einer schrecklichen Idee an. „Wir dürfen das Haus nicht verlassen", sagte ich. Warum musste ich immer der Verantwortliche sein?

„Es ist dunkel. Was soll im Dunkeln schon passieren?" Ariella kicherte. Sie trank ihr Glas aus. Ich hatte nur zwei gezählt. Sie muss nicht oft Alkohol trinken n oder sie war ein absolutes Leichtgewicht.

„Nur Morde und Entführungen", sagte Hazel mit ernstem Gesicht, bevor sie in Gelächter ausbrach. Sie trank ihr zweites Glas aus und schenkte ein drittes ein. „Mensch, ich muss mal wieder Sex haben."

„Was?" Ariella drehte sich auf den Fersen um. „Willst du mir sagen, dass du und Mason noch nie etwas..."

Hazel stolperte zur Haustür und schob die Vorhänge beiseite, als sie einen Blick nach draußen warf. „Ich wollte es. Du weißt nicht, wie schwer es ist, Krankenschwester zu spielen und keine sexy Sachen mit Mason zu machen, aber er musste verheilen, und der Arzt hatte angeordnet, keinen Sex zu haben. Schade, dass ich nur eine Krankenschwester war und mich nicht über den Rat des Arztes hinwegsetzen konnte."

„Mädchen, was machst du heute Abend mit uns?", fragte ich. „Es ist klar, dass er dich will. Ich sehe, dass du ihn willst. Geh zu ihm, oder, da du kein Auto hast, ruf ihn an."

„Ja, ruf ihn an und hab Telefonsex mit ihm", sagte Ariella, kicherte und klatschte in die Hände.

„Ach du meine Güte, ihr zwei verursacht nur Ärger", murmelte Hazel. Sie bedeckte ihr Gesicht mit ihren Händen.

Mein Magen grummelte. „Ich habe Hunger. Wir sollten eine Pizza bestellen. Gib mir dein Handy." Meine Handtasche lag zu meinen Füßen, aber mein Handy hatte ich schon weggeworfen. Es war eine spontane Entscheidung, die ich im Moment nicht bereue.

Hazel ließ ihre Hand in den Schoß fallen. „Warum? Du wirst Mason nur anrufen und mich in Verlegenheit bringen."

„Das werde ich nicht, ich schwöre es." Ich salutierte vor ihr.

„Ich glaube, du sollst die Pinkies verbinden", sagte Ariella. „Oder du könntest einfach mein Telefon benutzen." Sie kramte ihr Smartphone aus der Tasche. „Hier."

Ariella entsperrte ihr Telefon und reichte es mir. „Hast du eine Empfehlung, wo ich anrufen soll?", fragte ich. Ich kannte keine Pizzerien in der Nähe.

Nachdem wir das Restaurant und die gewünschte Pizzasorte ausgewählt hatten, rief ich an und hielt meine Kreditkarte zum Bezahlen bereit. Ich reichte Ariella das Telefon zurück, um ihr die Adresse zu geben.

Keine zwanzig Minuten später klopfte es heftig an der Tür.

„Das ging aber schnell!" Ich sprang auf und beeilte mich, die Tür zu öffnen.

Ariella schaltete den Alarm aus, während ich die Tür aufschloss, ohne auch nur einen Blick aus dem Fenster oder durch das Guckloch zu werfen, das für mich viel zu hoch war.

Ein großer, stämmiger Herr mit den gleichen Augen und Haaren wie Enzo überragte mich. Es fühlte sich an, als stünde die Zeit still. Ich erkannte ihn blitzartig. Ich drückte die Tür zu, aber er schob seinen Fuß hinein und stieß sie kräftig auf, sodass ich rückwärts stolperte.

Er warf einen Blick auf seine Waffe, die er im Halfter trug. „Fass den Alarm nicht an", sagte der Fremde mit einem dicken italienischen Akzent. „Geh langsam zurück. Geh und setz dich zu dem anderen Mädchen auf das Sofa."

Ariella drehte sich nicht um. Sie ging langsam zurück zur Couch, drehte ihm aber nicht den Rücken zu.

Wie hat er mich gefunden? „Hat Enzo dich geschickt?", fragte ich.

Warum war er sonst hier?

„Du kommst mit mir", sagte er mit einem dunklen, finsteren Lachen.

Er wollte mich. Ich hatte es nicht nötig, ihr Leben in Gefahr zu bringen.

Er legte den Kopf schief und starrte mich mit seinen Augen aus Stahl an. „Ist es nicht furchtbar, vor deinem Mann wegzulaufen? Enzo kann sich um dich kümmern, dich beschützen."

„Ich bin nicht seine Frau", spottete ich über seine Vorstellung von Ehe. „Wir waren in Vegas und ich war betrunken, dank dir und deinen Kumpels."

Hatten sie mich auch unter Drogen gesetzt? Die ganze Nacht war verschwommen.

Ariella stellte sich zwischen den Schläger und mich. „Sie wird nicht mit dir gehen." Sie blieb standhaft. „Du musst gehen."

Er verpasste Ariella eine Ohrfeige. „Niemand spricht in diesem Ton mit mir", knurrte er. Seine Oberlippe zitterte, und der Schläger beugte sich vor und packte Ariella an ihrem Hemd. Er riss sie an sich und hielt sie fest. „Ein hübsches Mädchen wie du lässt sich bestimmt schnell verkaufen."

Ariella schlug ihm ihre Faust gegen den Kiefer.

Seine Augen zuckten, der einzige Beweis dafür, dass sie ihn angegriffen hatte. „Behandelst du so deine Gäste?", fragte er. Er lockerte seine Faust und ließ Ariella frei. Er stieß sie nach hinten und zwang sie, sich auf die Couch zu setzen, wie er es ihr ursprünglich aufgetragen hatte.

„Du bist kein Gast", spuckte Ariella.

Er zog seine Waffe aus dem Halfter und richtete sie auf Ariellas Stirn. „Bist du dir da sicher?"

Ich konnte nicht zulassen, dass meinen neuen Freunden etwas passiert. „Bitte, ich komme mit dir mit, aber tu ihnen auf keinen Fall weh."

Er riss mich an den Haaren und zerrte mich nach draußen. Ich habe mich nicht gewehrt. Wie sollte ich auch, ohne das Leben meiner neuen Freunde zu riskieren?

Er zog ein Paar metallene Handschellen hervor. „Hände auf den Rücken!", bellte er.

Ich tat, wie mir geheißen, und er zog die Handschellen fest an. Sie gruben sich in mein Fleisch und durchbohrten meine Haut.

Er stieß die Hintertür seines Autos auf und deutete mir an einzusteigen . Ich setzte mich hin und er zog mir einen schwarzen Sack über den Kopf, sodass ich nicht sehen konnte, wohin er mich brachte. Er knallte die Tür zu.

Eine weitere Tür knallte zu.

Innerhalb von Sekunden heulte der Motor auf. Er drückte aufs Gas und raste vom Haus weg.

Wohin wollte er mich bringen?

Würde ich meine Freunde jemals wiedersehen? Was ist mit meinem Zuhause? Ich hatte nichts bei mir. Meine Handtasche lag in Ariellas Haus auf dem Boden und mein Handy war schon Stunden zuvor zerstört worden.

Ich brauchte Hilfe und ich hatte nicht die geringste Ahnung, was er von mir wollte.

„Warum tust du das?" fragte ich mit zaghafter und ängstlicher Stimme.

„Halt die Klappe!"

KAPITEL SIEBENUNDZWANZIG

LINCOLN

„Was meinst du damit, dass sie entführt worden ist? Wer zum Teufel hat sie entführt?" Ich schritt durch Jaxsons Haus, ein schönes Haus, aber im Moment fühlte es sich klein und eng an.

Die Polizei war vor Ort und nahm die Aussagen von Ariella und Hazel auf.

Jaxson rief mich sofort an, als er erfuhr, was passiert war, und Ariella ihn unter Tränen anrief.

Sie hatte schluchzend von einem Eindringling und einem anderen Mann namens Enzo erzählt, und der Rest war schwer zu entziffern, bis sie sich beruhigt hatte.

„Ich weiß nicht, wie er heißt, aber er arbeitet für ihren Mann", sagte Hazel ein wenig zu ruhig.

Mein Pokerface wurde mir nicht gerecht. „Sie ist verheiratet?"

Warum hatte Harper mir nicht gesagt, dass sie mit einem anderen Mann verheiratet war?

„Es ist klar, dass der Typ ein echter Gewinner ist", murmelte ich vor mich hin.

„Jetzt ist nicht der richtige Zeitpunkt", sagte Jaxson. Er warf mir einen Blick zu, in dem er sagte: „Beruhige dich oder verschwinde. Ich wollte die Szene nicht verlassen. Ich musste jedes Detail wissen, was auch immer nötig war, um sie lebend zu finden.

Ariella machte einen langen, langsamen Atemzug. „Sie schien den Namen des Mannes nicht zu kennen, aber sie sprachen immer wieder von Enzo, ihrem Mann. Es war klar, dass sie den Mann erkannte, der sie entführt hatte. Harper erklärte mir, dass sie unter falschem Vorwand geheiratet hatte. Sie war in Vegas, betrunken, und wie es sich anhörte, hatte man sie vielleicht sogar unter Drogen gesetzt. Sie hatte Angst vor ihm, Lincoln."

Meine Hände ballten sich an der Seite zu Fäusten. „Bastarde", murmelte ich. Ich würde jeden umbringen, der Harper auch nur ein Haar krümmt.

Sie gehörte nicht zu mir, aber ich wollte sie beschützen.

Nein, ich *musste* sie beschützen. Sie brauchte jemanden, der sich um sie kümmert. Das hatte sie wahrscheinlich in ihrem ganzen Leben noch nie.

„Es gibt noch etwas, das du wissen solltest", sagte Ariella. Sie fummelte mit ihren Händen herum. „Enzo war heute Nachmittag in dem Restaurant, deshalb geriet Harper in Panik, aber er war nicht allein."

„Wer war bei ihm?", fragte Jaxson, bevor ich ein Wort sagen konnte. „Der Mann, der zum Haus kam und sie mitgenommen hat?"

„Nein, Jayden Scott", sagte Ariella.

Der Raum drehte sich. Mein Kiefer krampfte sich zusammen, und ich hörte auf, auf und ab zu gehen. „Ich werde ihn töten."

Jaxson drehte sich zu mir um, die Arme vor der Brust verschränkt. „Geh spazieren."

Ich wollte etwas erwidern, aber er deutete auf die Tür. Ich wusste, dass er recht hatte und mich beschützen wollte. Ich konnte vor dem Sheriff nicht solch eine Drohung aussprechen. Was, wenn der Bastard am Ende tot wäre?

Gut!

Ich stürmte aus dem Haus und knallte die Tür hinter mir zu. Der Boden knirschte unter meinen Füßen, als ich über den Schotter zu meinem Truck stapfte. Die Nachtluft war kühl, aber nicht eisig.

Warum war einer von Enzos Handlangern aufgetaucht und hatte sie entführt?

Warum hatte Jayden mit Enzo zu Mittag gegessen? Ich kletterte in meinen Truck und ließ den Motor an.

Die Vordertür des Hauses öffnete sich und Jaxson trat heraus und stellte sich auf die Veranda.

„Wo gehst du hin?", rief er.

Ich habe ihm nicht geantwortet. Er kannte mich gut genug, um zu wissen, wo ich hinwollte.

Ich musste mit Jayden sprechen.

In Windeseile raste ich den Berg hinunter und fuhr zu Jaydens neuester Arbeitsstelle. Wenn ich Glück hatte, arbeitete er gerade eine Schicht. Wenn nicht, dann wusste ich nicht, wo ich ihn finden würde.

Sein Haus war nach dem Angriff vor etwa sechs Wochen zusammen mit den anderen Häusern abgerissen worden. Das Land war verlassen und ich hatte nicht gehört, dass jemand dort oben wohnt.

Er war da draußen und geriet, in wer weiß was für Schwierigkeiten.

Die Straße war trocken, was für eine gute Traktion sorgte, als ich zur Bar eilte. Ich trat auf die Bremse, schaltete den Motor aus, sprang aus dem Truck und eilte ins Haus.

Meine Füße knallten auf den Boden, bereit für einen Kampf. Jayden schenkte mir kaum Beachtung, als ich eintrat.

„Ich sage nur, dass ich weiß, wie man mit Waren umgeht", sagte Ben, als er an der Bar saß, ein Bier trank und mit Jayden sprach.

Ich würde diesen Drecksack überall wiedererkennen.

Was zum Teufel machte Ben noch in Breckenridge? Waren die Behörden auf der Suche nach ihm, obwohl sie im Moment alle in Jaxsons Haus mit dem Verschwinden von Harper beschäftigt waren. Wusste er das?

„Benjamin Ryan", sagte ich schroff, als ich direkt auf die beiden meistgesuchten Männer von Breckenridge zusteuerte, aber nicht wegen ihres Charmes oder Charismas.

Ben kramte ein Bündel Bargeld heraus und ließ es auf den Tresen fallen. Er warf mir einen Blick zu, machte große Augen und verschwand durch die Hintertür.

Mist.

Sollte ich ihm hinterherlaufen oder mich um Jayden kümmern?

Ich konnte nicht an zwei Orten gleichzeitig sein, und der Rest des Eagle Tactical Teams war beschäftigt. Ich schnappte mir mein Handy und schickte Jaxson eine SMS, um ihn vorzuwarnen.

Wenn er kommen wollte, um Ben an den Eiern zu packen, dann sollte er auf jeden Fall die Gelegenheit dazu bekommen.

Ich seufzte, denn meine Entscheidung stand bereits fest. Vielleicht hätte ich Ben verfolgen sollen, da er immer noch eine Bedrohung für Ariella war, aber ich musste Harper finden. Sie war in diesem Moment diejenige, die in Gefahr war.

„Wir müssen reden." Ich stürmte hinter die Bar und näherte mich Jaydens persönlichem Bereich.

Er war kein bisschen kleiner oder weniger einschüchternd als ich, aber er wusste, dass ich ihm in den Hintern treten würde. Wir hatten zusammen als Brüder in Übersee gedient.

In den letzten paar Jahren hatten wir uns entfremdet. Er war in eine schmutzige Sache mit den Off-Gridders verwickelt, die nicht gut für ihn ausgegangen war.

„Ich habe nichts zu sagen", scherzte Jayden.

Vielleicht war es für ihn an der Zeit, aufzuräumen und sich in Form zu bringen.

„Bist du dir da sicher?" Ich starrte ihn an. „Du wurdest beim Mittagessen mit einem Herrn namens Enzo gesehen."

Jayden zuckte mit den Schultern und leugnete die Wahrheit nicht. „Seit wann ist es ein Verbrechen, eine Mahlzeit zu sich zu nehmen?"

„Hast du dich mit Enzo und seinen Schlägern zusammengetan, um Harper Madison zu entführen?" Ich packte Jayden am Revers seines Hemdes und verlangte eine Antwort.

„Was? Nein. Davon weiß ich nichts", sagte Jayden und wich mir aus.

Ich ließ ihn los, nur weil ich ihm glaubte. „Wusstest du, dass Harper angeblich mit Enzo verheiratet ist?"

Er trat einen Schritt zurück, um Abstand zwischen uns zu bringen. „Soll mir das etwas sagen? Es ist mir egal, wen er heiratet und was er mit den Frauen macht, die er begehrt", sagte Jayden.

„Es sollte dich interessieren, denn sie wurde entführt und gegen ihren Willen zu Gott weiß was gezwungen."

Jayden schnappte sich einen Lappen von der Theke und begann, die Holzoberfläche zu polieren. „Vielleicht war es nicht gegen ihren Willen. Vielleicht hat es ihr gefallen, oder noch besser, sie wollte mit ihm gehen."

Ich stürzte nach vorn und schlug mit der Faust auf ihn ein. „Du Mistkerl!" Mit meiner Hand packte ich ihn am Hinterkopf und schlug sein Gesicht gegen die Kante der Theke.

„Okay! Okay!" Jayden schrie, seine Nase blutete.

Ich ließ ihn los, nicht um ihn zu töten, sondern um ihn zu zwingen, mir die Wahrheit zu sagen. Das war er mir schuldig, nach allem, was ich für ihn getan hatte, als wir zusammen dienten.

„Ich weiß nicht, wo sie ist oder wer sie entführt hat", sagte Jayden.

Ich hob meine Faust, und er hob eine Hand, um zu zeigen, dass er noch nicht fertig war.

„Enzo hat hier in der Gegend Land gekauft, unter einer Pseudo-Firma. Er erweitert sein Unternehmen und plant, das zu Ende zu bringen, was vor einiger Zeit von den Netzunabhängigen begonnen wurde."

„Und was ist das genau?"

Jaydens Kiefer war angespannt. Etwas blitzte in seinem Gesicht auf.

War es Angst?

„Das kann ich nicht sagen, aber er könnte dein Mädchen dorthin bringen. Es ist ziemlich abgelegen, im Vergleich dazu ist das Haus der Außenseiter das Paradies."

Verdammt. „Hast du eine Adresse?"

„Kann ich nicht behaupten, aber ich bin mir sicher, dass du sie mit deinen Eagle Tactical-Kenntnissen und Verbindungen herausfinden kannst."

„Hat Enzo einen Nachnamen?", fragte ich.

„Ricci. Er heißt Enzo Ricci, aber das hast du nicht von mir gehört."

KAPITEL ACHTUNDZWANZIG

HARPER

Es fiel mir schwer zu atmen.

Mein Herz hämmerte gegen meine Brust, während ich auf dem Rücksitz saß und meine Hände hinter dem Rücken gefesselt waren. Ich konnte mich nicht von dem Metall befreien, das sich in meine Haut grub.

Auch ein Flehen an meinen Entführer würde nicht helfen. Ich kannte nicht einmal seinen Namen. Ich versuchte, die Erinnerung an die Nacht in Vegas zu erzwingen. Ich hatte ihn definitiv schon einmal gesehen, aber es war alles verschwommen.

Warum wollte Enzo mich?

War es, weil ich seine Frau war? Ein dummes Stück Papier und gesprochene Worte hatten uns aneinander gebunden, aber das konnte alles wieder rückgängig gemacht werden. Oder?

Das heißt, wenn er keine anderen Pläne mit mir hatte.

Warum war Enzo in Breckenridge? Warum hatte er mich nicht in Los Angeles oder anderswo aufgespürt?

Lag es daran, dass es am Drehort weniger Sicherheitsvorkehrungen gab als auf dem Studiogelände?

Nichts davon ergab einen Sinn.

Er öffnete die Fenster des Wagens, der Wind wehte um mich herum und der dunkle Stoff machte es mir unmöglich, ihn zu sehen oder mein Gesicht zu erkennen.

Das Auto ruckelte, als wir über eine Bodenwelle fuhren. Ich war nicht angeschnallt und wurde auf dem Rücksitz herumgeschleudert.

Der Fahrer trat auf die Bremse, was nicht gerade hilfreich war, und ich landete mit dem Gesicht an der Kopfstütze, bevor ich wieder auf meinen Hintern fiel.

„Bleib hier", grunzte er. Er stellte das Auto ab, und die Autotür öffnete und schloss sich quietschend.

Stille.

Ich erkannte Enzos Stimme aus dem Restaurant. „Wo zum Teufel hast du gesteckt?" fragte Enzo. Seine Stimme drang durch das offene Fenster.

„Ich habe dir ein Geschenk auf dem Rücksitz mitgebracht", sagte er. „Willst du es dir ansehen?"

„Ich mag keine Überraschungen, Zan."

Zans raues Lachen jagte mir einen Schauer über den Rücken. „Ich würde es nicht als Überraschung bezeichnen, Boss. Sie ist deine Frau."

„Scheiße!"

Ich schluckte den Kloß in meinem Hals hinunter. Mein Mund war trocken.

„Du weißt wirklich, wie man eine Operation ruiniert", sagte Enzo. „Du enttäuschst mich, Zan. Weißt du, was ich von Männern erwarte, die mich enttäuschen?"

Zan räusperte sich. „Boss, ich wollte dir nur meine Wertschätzung zeigen. Bitte, tu das nicht."

Hat er gebettelt?

„Sie hierherzubringen, könnte alles zerstören, wofür ich gearbeitet habe. Ich kann nichts unerledigten Sachen gebrauchen." Enzos Stimme wurde lauter, eindringlicher und enthielt nicht nur Enttäuschung, sondern auch Wut. Seine Stimme wurde noch lauter.

„Bitte", flehte Zan. „Ich verspreche, dass ich sie loswerde. Keiner darf wissen, dass ich es war."

„Du Idiot! Sie ist meine Frau. Der erste Ort, an dem sie nachsehen werden, ist hier. Sie werden nach mir suchen!" Seine Stimme dröhnte und hallte durch das Auto.

Ich zitterte und machte mich klein , um unsichtbar zu sein.

„Du hast Schande über die Familie gebracht."

„Bitte, Enzo. Ich flehe dich an, ich habe eine Frau und zwei Töchter", sagte Zan mit zitternder Stimme.

„Dann erfülle dir die ehrenvolle Aufgabe, oder ich werde dafür sorgen, dass sie mit dir leiden."

Welche ehrenvolle Aufgabe?

Was wollte Enzo, dass Zan tut?

War das eine Drohung?

„Verzeih mir, Enzo", sagte Zan.

Peng!

Ein Schauer durchlief meinen Körper.

Ich wurde eins mit dem Sitz, rollte mich zusammen und beugte mich hinunter, während ich mich auf auf den Bodenfallen ließ. Versteckt.

Unter der dunklen Kapuze, die mein Gesicht bedeckte, fiel es mir immer schwerer zu atmen. Für jeden Atemzug, der aus meiner Lunge entwich, brauchte ich zwei Atemzüge Luft.

Ich begann zu hyperventilieren.

Schwere Stiefel stapften über den Boden. Das Geräusch kam näher. Die Tür quietschte in ihren Angeln, als sie geöffnet wurde.

Ich blieb zusammengerollt auf dem Boden liegen, den Kopf nach unten gebeugt, den dicken schwarzen Sack über dem Kopf.

Er riss den Stoff über meinem Gesicht weg. Es dauerte nicht lange, bis sich meine Augen daran gewöhnt hatten. Draußen blieb es dunkel. Ich stolperte rückwärts und bewegte mich zum anderen Ende des Wagens, weg von ihm.

„*Tesero*, du musst mit mir kommen", sagte Enzo.

Ich schüttelte den Kopf. Mein Name war nicht Tesero. Ich wusste nicht einmal, was dieses Wort bedeutete. Es klang italienisch, und ich sprach kein Wort Italienisch.

Enzo hielt mir seine Hand hin.

Wie sollte ich sie ergreifen, selbst wenn ich es wollte? Meine Arme lagen auf dem Rücken, meine Hände waren gefesselt.

Er packte mich am Arm und zerrte mich aus dem Auto.

„Dreh dich um", forderte er. „Dreh dich zum Auto." Ich tat, wie mir geheißen wurde.

Wie weit konnte ich rennen? In der Dunkelheit der Nacht war es schwierig, viel zu sehen. Der Mond war nicht zu sehen, die dicken Wolken hingen über mir. In der Nähe gab es keine Häuser oder Veranden, die beleuchtet waren, außer dem einen, das nur wenige Meter entfernt war.

Wir waren mitten im Nirgendwo.

Wie lange waren wir gefahren? So weit war es nicht gewesen.

Waren wir noch in Breckenridge?

„Hast du Zan getötet?", fragte ich. Ich hatte seinen Namen aufgeschnappt, als die beiden Männer sich über mich gestritten hatten.

Seine Hände waren rau, seine Finger dick und warm. Er löste die Handschellen. Konnte ich gehen?

Enzo wirbelte mich herum, eingeklemmt zwischen ihm und der Seite des Autos.

„Das geht dich nichts an", sagte Enzo. Seine Augen waren dunkel. „Komm mit mir." Er packte mich am Arm und zerrte mich hinter sich her.

Ich wollte weglaufen.

Aber wohin sollte ich gehen? Ich hatte kein Telefon, wusste nicht, wo ich war und wie ich entkommen konnte. Wie weit war das nächste Grundstück entfernt? Die Dunkelheit erstreckte sich, soweit ich sehen konnte.

Wir traten vom Auto weg und gingen auf das Haus zu.

Zan lag in einer Lache seines eigenen Blutes, das Metall einer Waffe glitzerte unter den Sternen in seiner Hand. Hatte er sich erschossen oder hatte Enzo es absichtlich so aussehen lassen?

„Geh weiter." Enzo hielt meinen Arm fest umklammert, während er mich die Verandastufen hinauf und in sein extravagantes Haus begleitete.

„Was willst du von mir?", fragte ich. Nach allem, was ich gehört hatte, steckte Enzo nicht hinter meiner Entführung, aber warum sollte er mich behalten? Was hatte er mit mir vor, jetzt, wo ich hier auf seinem

Grundstück war und von seinen Männern entführt wurde?

„Entspann dich, *Tesero*. Ich bringe dir eine Tasse Tee und dann kannst du gehen." Enzo begleitete mich in sein Haus und schloss die Tür hinter uns.

Ich zitterte, als ich mich vorwärts bewegte, denn meine Beine wollten nicht mitmachen. Verdammt, ich wollte nicht mitmachen. „Lass mich gehen. Bitte, ich werde niemandem erzählen, dass du etwas damit zu tun hast."

War es das, worüber er sich Sorgen machte?

Der Boden bestand aus grauem und weißemMarmor. Meine nackten Füße waren kalt auf dem glatten Material, als er mich in sein Büro zerrte, von dem ich annahm, dass es sein Büro war. Ein hoher Stuhl stand in der Ecke, sein Schreibtisch war das Herzstück. „Setz dich", sagte er und schob mich in den dunkelblauenStuhl.

Ich ließ mich in den Stuhl fallen und war dankbar, dass er mich nicht mehr am Arm berührte. In seinem Büro gab es keine Fenster. Die Tür war die einzige Möglichkeit, zu entkommen. Der Raum war dunkel, ohne jegliche Dekoration, nur die Tapete glitzerte von der Schreibtischlampe, die noch an war.

„Sitz. Bleib."

„Ich bin kein Hund", sagte ich.

„Ich bin gleich wieder da. Bleib einfach sitzen." Enzo ging einige Schritte rückwärts, bevor er aus der Tür schlüpfte.

Ich sprang vom Stuhl auf und eilte zur Tür. Er hatte mich eingesperrt. Warum hatte ich dort gesessen und getan, was er befohlen hatte?

Warum war ich ihm in sein Haus gefolgt? Ich hätte weglaufen sollen, als ich die Gelegenheit dazu hatte.

Da es keinen offensichtlichen Fluchtweg gab, eilte ich zu seinem Schreibtisch. Das Mahagoniholz war in tadellosem Zustand, das Holz sauber und gepflegt. Es gab keine verstaubten Papiere. Ich probierte die Schubladen aus. Alle waren verschlossen.

Die Tür schwang auf und Enzo kam herein, ein silbernes Tablett mit zwei Tassen Tee in der Hand, während er mich anstarrte. „Ich dachte, ich hätte dir gesagt, du sollst dich setzen und auf mich warten?"

„Ich nehme keine Befehle von dir oder jemand anderem an."

Enzo trat näher an mich heran.

Ich ging einen Schritt zurück, weg von seinem Schreibtisch, um Abstand zu halten.

Was wollte er von mir?

„Ich habe bereits die Behörden kontaktiert."

„Was? Das hast du?" Ich habe ihm nicht geglaubt.

Warum sollte er das tun? Es lag eine Leiche in seinem Vorgarten.

Wollte er mich für den Tod des Mannes verantwortlich machen?

„Sie werden bald hier sein, um dir Fragen zu stellen. Ich denke, es wäre klug, wenn du dich hinsetzt und etwas trinkst, während wir warten. Wir könnten uns unterhalten und die Gelegenheit nutzen, uns gegenseitig ein wenig kennenzulernen", sagte Enzo.

Ich traute ihm nicht, aber er hat mich auch nicht mit einer Waffe bedroht. Das war zumindest ein gutes Zeichen.

„Du hast die Polizei gerufen?", fragte ich. „Warum solltest du das tun?"

„Damit sie sehen können, dass ich unschuldig bin. Ich habe nichts mit deiner Entführung zu tun. Ich bin kein Monster."

Er bot mir den Tee an und stellte das Tablett auf den Schreibtisch. „Aber du hast den Mann in deinem Vorgarten getötet."

Enzo schaute auf seine Uhr, sein Kiefer war angespannt. Er hob eine Tasse, das Porzellan klein und zart, das in seinen großen, rauen Händen fast ein wenig komisch aussah. „Ich weiß nicht, wie es dir geht, aber ich könnte etwas Kamille gebrauchen, um mich zu beruhigen." Er hob die Teetasse an seine Lippen und nahm einen Schluck.

„Kamille?" Das war mein Lieblingsgetränk, besonders wenn meine Nerven blank lagen. Ich näherte mich dem Schreibtisch, das dicke Holz hielt einen Abstand zwischen uns, der mir ein sicheres Gefühl gab.

Ich hob die Tasse an meine Lippen und trank einen Schluck.

„Ja, das ist mein Lieblingstee. Ich trinke nicht so oft Tee, aber wenn, dann bevorzuge ich immer eine Tasse Kamille", sagte er.

Vielleicht war er gar nicht so schlecht? Ich lächelte wehmütig in die Tasse und nahm noch einen Schluck. „Ja, meiner auch."

„Es tut mir leid, Harper", sagte Enzo und nannte mich beim Namen. Hatte er meinen Namen mit *Tesero* verwechselt oder hatte er mir einen Kosenamen gegeben?

Seufzend nippte ich an dem Tee, der zwar heiß war, aber ich verbrannte meinen Mund nicht. Ich schluckte die dunkle Flüssigkeit hinunter und mein Körper begann sich zu entspannen. Ich fühlte mich bereits besser und ruhiger.

Das Porzellan rutschte mir aus den Händen und fiel zu meinen Füßen auf den Boden. Ich öffnete meinen Mund, um mich zu entschuldigen, aber es kam kein Ton heraus. Meine Beine wurden schwach, meine Arme arbeiteten nicht mehr mit und als mein Körper begann, zu Boden zu sinken, fing Enzo mich auf, bevor ich auf dem Boden aufschlug.

„Schlaf jetzt, *Tesero*." Er küsste mich auf die Stirn.

Innerlich schrie ich. Ich schrie. Ich flehte ihn an, mich gehen zu lassen.

Ich war wie gelähmt, und er hielt mich in seinen Armen, bevor meine Sicht dunkel wurde.

KAPITEL NEUNUNDZWANZIG

LINCOLN

„Lincoln", antwortete ich an meinem Telefon. Da es Jaxson war, nahm ich den Anruf außerhalb der Bar entgegen. Ich wollte nicht, dass Jayden etwas mitbekam und Enzo anrief. Ich vertraute Jayden nicht.

„Ich habe gerade eine Nachricht von Sheriff Nelson erhalten. Er hat die Nachricht erhalten, dass Harper Madison bei Enzo Ricci ist."

Ich hielt den Atem an. „Hast du eine Adresse?"

„Ja." Er übermittelte mir die Adresse, und ich kletterte in meinen Truck und fuhr quer durch die Stadt zu dem Grundstück, das Enzo vor Kurzem gekauft hatte.

Der Sheriff war bereits vor Ort eingetroffen. Jaxson wartete auf Neuigkeiten, um herauszufinden, was ich von ihm brauchte. Ich vertraute nicht darauf, dass sie dort war und dass es sich nicht um eine Falle handelte.

Vor dem Haus stand der blaue Lotus, den ich Anfang der Woche gesehen hatte. Draußen standen noch ein paar andere Fahrzeuge und der Wagen des Sheriffs.

Ich zückte meine Taschenlampe und ging den dunklen Weg zum Haus hinauf. Eine Leiche lag mit einem Laken zugedeckt.

Verdammt!

War es Harper?

Keiner hatte mich gewarnt, dass sie tot sein könnte.

Hatte Enzo angerufen, um zu gestehen? Ich hatte nicht gefragt. Ich hätte es tun sollen, aber ich hatte zu viel Angst, die Antwort zu hören.

Ich beugte mich hinunter und hielt den Atem an. Ich zog den Rand des Lakens zurück und sah einen Mann mit dichtem dunklem Haar und einer Schusswunde am Kopf.

Es war nicht Harper.

Ich stieß einen erleichterten Seufzer aus und deckte die Leiche wieder mit dem Laken zu.

„Lincoln!", rief mir der Sheriff von der Veranda aus zu. „Benutze Handschuhe oder fass die verdammte Leiche nicht an."

Verdammt. Das wusste ich doch. Ich hatte die Leiche nicht angefasst, aber ich hätte mehr darüber nachdenken sollen, dass es sich um einen aktiven Tatort handelte.

War der tote Mann die Person, die Harper gegen ihren Willen entführt hatte? Wie war er mit Enzo verbunden?

Ich eilte die Veranda Stufen hinauf zu Sheriff Nelson. „Haben Sie Harper schon gesehen?"

„Ja, die Presse wird jeden Moment hier sein und wir müssen sie ins nächste Krankenhaus bringen, bevor die Leute anfangen, Fotos zu machen und den Tatort zertrampeln."

Wer hat die Presse angerufen? Hatten sie von ihrer Entführung Wind bekommen? Hatten die Medien den Polizeifunk abgehört und erfahren, dass sie gefunden worden war?

„Ich nehme sie mit." Ich weiche nicht von ihrer Seite.

Ich eilte am Sheriff vorbei und lief durch die Eingangstür. „Harper?" ‚rief ich und lauschte auf ihre süße Stimme.

Was hatte Sheriff Nelson damit gemeint, dass sie ins Krankenhaus gebracht werden musste? Es war eine zweistündige Fahrt, und er hatte die örtliche Klinik nicht erwähnt, also musste es ziemlich schlimm sein. War sie verletzt? Was hatten sie mit ihr gemacht?

„Lincoln?" Ihre leise Stimme drang durch den Korridor.

„Sie ist hier entlang", sagte ein italienischer Mann mit einem schicken Anzug und dichtem dunklem Haar. Ich wusste nicht, ob er Enzo oder jemand anderes war, aber ich folgte ihm.

Harper saß in einem hohen blauen Stuhl in einem abgedunkelten Büro. Bücherregale säumten die Wände in jeder Ecke. Es gab keine Fenster, nur eine Schreibtischlampe, die den schwach beleuchteten Raum erhellte. Die Oberlichter schienen ausgeschaltet oder nicht zu funktionieren.

„Geht es dir gut?", fragte ich und beugte mich auf ihre Höhe hinunter.

„Was mache ich hier?", fragte mich Harper. Ihre Augen waren glasig und schielend, ihre Lippen trocken. Hatte man sie unter Drogen gesetzt? „Enzo?" Sie runzelte die Stirn, als sie von mir zu dem italienischen Mann neben mir blickte. „Ich kann mich an nichts erinnern."

„Ich werde dich ins Krankenhaus bringen", sagte ich. Ich hob sie mit Leichtigkeit in meine Arme und trug sie durch den Korridor nach draußen.

Der Sheriff öffnete meine Beifahrertür und ich setzte Harper sanft in meinen Truck und ließ sie auf dem Beifahrersitz neben mir Platz nehmen.

„Ich bin müde", sagte Harper. Sie hatte Mühe, ihre Augen offenzuhalten.

„Was haben sie dir gegeben?" Ich bezweifelte, dass sie die Antwort wusste, und am liebsten wäre ich zurück zu Enzo gerannt und hätte ihm die Scheiße aus dem Leib geprügelt, aber ich musste mich auf Harper konzentrieren.

Sie war hier und lebte noch, und ich musste ihr Hilfe besorgen.

Harper hat mir nicht geantwortet.

„Bleib bei mir", sagte ich, weil ich Angst hatte, sie könnte bewusstlos werden. Ich wusste nicht, ob sie aufwachen, ins Koma fallen oder etwas noch Schlimmeres passieren würde.

Ich griff nach dem Sicherheitsgurt und schnallte sie in den Sitz, um sicherzugehen, dass sie sicher war. „Ich bringe sie ins Krankenhaus und lasse eine Blutuntersuchung machen", sagte ich zum Sheriff.

„Sieh zu, dass du herausfindest, was sie ihr gegeben haben."

„Ich rufe dich an, wenn ich etwas herausfinde", sagte Sheriff Nelson.

Ich eilte zur Fahrerseite, stieg ein und raste zum Krankenhaus. Es war eine lange Fahrt. Auf dem Weg dorthin rief ich Jaxson an.

„Hey, gibt es etwas Neues?", fragte Jaxson.

„Ich habe Harper bei mir auf dem Beifahrersitz. Sie sieht aus, als hätten sie ihr eine Droge gegeben. Sie scheint stark sediert zu sein, kann sich nicht bewegen und weiß nicht mehr, was passiert ist. Sie schien überrascht zu sein, Enzo zu sehen, als ich auftauchte."

„War Enzo in Handschellen? Hat er ihre Entführung gestanden?", fragte Jaxson.

Mein Griff um das Lenkrad wurde fester. „Nein, vor seinem Haus lag ein toter Mann. Ich vermute, dass Enzo ihm die Schuld an Harpers Verschwinden und Entführung gibt."

„Bastard", murmelte Jaxson. „Wir treffen dich im Krankenhaus."

„Das ist nicht nötig", sagte ich und schaute neben mir zu Harper, die unzusammenhängend vor sich hin murmelte. Sie schien nicht ganz wach und aufmerksam zu sein. „Ich kann dich anrufen, sobald wir mehr wissen."

„Bitte, tu das", sagte Jaxson. „Ich sage den anderen Bescheid, was los ist."

Ich legte den Hörer auf, trat das Gaspedal durch und eilte zum Krankenhaus. „Warte, Harper."

KAPITEL DREISSIG

HARPER

Piep. Piep. Piep.

Das Geräusch von Maschinen riss mich aus meiner Träumerei.

Meine Augen öffneten sich träge, als helles Weiß um mich herum erstrahlte. Meine Sicht war noch nicht scharf. Ich fühlte mich müde, wie betäubt.

Eine starke, warme Hand ergriff meine.

Ich erstarrte.

„Harper?" Lincolns beruhigende Stimme drang an meine Ohren. „Harper, ich bin's, Lincoln."

Meine Augenlider fallen zu, ein schwaches Lächeln lag auf meinen Lippen. Eigentlich hätte ich wütend auf ihn sein sollen, aber ich spürte nur, wie mich eine warme Gelassenheit überkam.

„Ich weiß", murmelte ich.

Ich war in Sicherheit.

Meine Erinnerungen waren verschwommen und verblasst, ich konnte mich an nichts mehr erinnern. Alles fühlte sich verschwommen an, hinter einer Wolke, die mein Verstand nicht auflösen wollte.

„Schlaf", flüsterte Lincoln.

Ich tat genau das und ließ meinen Körper in den Schlaf sinken.

Ich wusste nicht, wie lange ich schlief oder wie lange Lincolns Hand in meiner blieb. Die Zeit schien nicht zu existieren.

Als ich wieder zu mir kam, saß Lincoln auf einem Stuhl neben dem Bett, seine Hand in meiner, seine Augen geschlossen. Er schlief.

Ich wollte ihn nicht wecken.

Was hatte ich hier zu suchen? Ich hatte eine Infusion in meiner linken Hand. Meine rechte Hand hatte Lincoln umklammert und selbst im Schlaf nicht losgelassen.

Ich wollte nach Hause gehen. Mich in mein warmes Bett verkriechen und eine Woche lang schlafen. Aber ich war weit weg von Los Angeles.

Musste ich mir Sorgen machen, dass mein Mann zu mir zurückkommen würde? Er war doch dafür verantwortlich, dass man mich entführt hatte, oder nicht?

„Harper?", murmelte Lincoln, öffnete seine Augenlider und starrte mich an. „Du bist wach." Er rieb sich den Schlaf aus den Augen und setzte sich aufrecht hin. „Lass mich die Krankenschwester holen."

Ich hielt seine Hand fest, mein Griff wurde fester. Ich traute weder Krankenhäusern noch Ärzten. Ich vertraute nicht vielen Menschen, aber Lincoln, obwohl ich eigentlich wütend auf ihn sein sollte, war die Wut verflogen. Er war jetzt hier bei mir, wenn es darauf ankam.

„Tu es nicht", sagte ich. Ich wollte nicht, dass er mein Bett verlässt. „Solltest du nicht mein Bodyguard sein?"

Lincolns runzelte die Stirn und er zog eine Grimasse.

Hatte ich etwas Falsches gesagt?

Er griff nach der Ruftaste und drückte sie. „Sie müssen dich untersuchen", sagte Lincoln.

„Warum bin ich hier? Was ist passiert?" fragte ich.

„Woran erinnerst du dich?" Er blieb an meinem Bett, seine Hand in meiner.

Der Vorhang rasselte, als eine Krankenschwester ihn aufzog. „Ms. Madison, ich sehe, dass Sie wach sind. Das ist eine gute Nachricht. Ich rufe den Arzt." Sie eilte aus dem Zimmer und ließ uns beide allein zurück.

„Ich war mit Hazel bei Ariella zu Hause. Wir haben eine Pizza bestellt und dann kam dieser Typ, zerrte mich raus und runter zu seinem Auto. Er fesselte mich mit Handschellen, verband mir die Augen und fuhr mit mir eine Runde. An den Rest erinnere ich mich nicht mehr. Was ist passiert, Lincoln?" Meine Stimme zitterte, als ich unter der Bettdecke zitterte.

Ich zitterte. Der Raum war eisig und der Geruch von Antiseptika ließ mich erschaudern. „Hatte Enzo mir etwas angetan? Warum bin ich im Krankenhaus?" Ich fühlte mich weder krank noch verletzt. Ich konnte mich nicht an den Vorfall erinnern. War das der Grund, warum ich an Maschinen angeschlossen war? Wie lange war ich schon hier?

„Enzo hat dein Erscheinen bei der Polizei gemeldet", sagte Lincoln.

Das ergab keinen Sinn. „Was?" Warum sollte er das tun?

„Er hat das Büro des Sheriffs angerufen. Du kannst dich an nichts anderes erinnern, nachdem du ins Auto gesetzt wurdest?"

Ich schüttelte den Kopf: „Nein. Ich hatte einen Blackout. „Wir waren im Auto. Ich saß auf dem Rücksitz und danach nichts mehr."

„Der Sheriff hat den Mann, der dich entführt hat, tot aufgefunden, Zan Marino. Es scheint, dass er Selbstmord begangen hat. Er wurde vor Riccis Haus mit einer selbst zugefügten Schusswunde im Kopf gefunden. Das Labor testet Enzo auf Schmauchspuren, aber wir sind ziemlich sicher, dass Enzo sauber ist."

„Zan hat sich umgebracht?" Das ergab für mich noch weniger Sinn. „Warum sollte er mich entführen und dann zu Enzo bringen, nur um sich selbst zu töten?"

Lincoln drückte meine Hand. Mit der anderen strich er mir eine Haarsträhne aus dem Gesicht und hinter mein Ohr. „Ich bin mir ziemlich sicher, dass Enzo nicht hinter deiner Entführung steckt, aber ich glaube, er hat Zan befohlen, sich umzubringen, oder er hat es so aussehen lassen, als hätte Zan Selbstmord begangen."

„Wer würde so etwas tun?" Ich wusste zwar, dass es Enzo war, aber ich verstand nicht, warum. Seine Motivation, was würde einen anderen Mann dazu bringen, ihm zu folgen?

„Enzo ist Teil des Verbrechersyndikats."

„Die italienische Mafia". Das hatte ich aus den Artikeln vermutet, die ich kürzlich über seine Geschäfte und seine zwielichtigen Praktiken entdeckt hatte. Die Regierung hatte nichts gegen ihn in der Hand, aber das hieß nicht, dass sie ihn nicht beobachteten. Hoffentlich würden sie etwas finden und ihn hinter Gitter bringen.

„Du hast mir nicht gesagt, dass du verheiratet bist", flüsterte Lincoln und starrte mir in die Augen.

Der Arzt betrat den Raum und hielt meine Krankenakte in den Händen. „Es ist gut zu sehen, dass du wach und aufmerksam bist, Heather."

Ich schluckte nervös, als er meinen richtigen Namen nannte. Niemand nannte mich so, niemals. Hatten sie meinen Ausweis aus der Handtasche gefischt, die ich in Ariellas Haus vergessen hatte?

Er holte eine Taschenlampe aus seiner Vordertasche. „Folgen Sie dem Stift", wies der Arzt mich an.

Der Arzt untersuchte mich kurz und erklärte dann, dass die Drogen aus meinem Körper verschwunden seien und ich gehen könne. Der Gedächtnisschwund von der Entführung wird vielleicht nie mehr zurückkehren, aber ich sollte keine bleibenden Folgen von den Drogen haben, die in meinen Körper gepumpt worden waren.

„Die Krankenschwester holt den Papierkram, dann kannst du gehen", sagte der Arzt. Er verließ den Raum und ließ Lincoln und mich allein zurück.

Stille erfüllte den kleinen Raum. „Ich rufe ein Taxi", sagte ich. „Du kannst nach Hause gehen." Ich wollte keine Last sein.

„Es ist eine zweistündige Fahrt nach Breckenridge, und vor deinem Hotel wird es wahrscheinlich Presse geben. Wir können froh sein, wenn sie nicht vor dem Krankenhaus stehen, wenn wir losfahren", sagte Lincoln.

„Oh." Wunderbar. Genau, dass womit ich mich heute Abend beschäftigen wollte.

„Ich bringe dich zurück nach Hause. Na ja, nach Breckenridge."

„Danke", sagte ich und seufzte. Ich ließ seine Hand los, und meine Finger fuhren über das weiße Laken und ich starrte auf den Baumwollstoff hinunter.

Lincoln ließ die Stille wie eine Wolke anschwellen. Die Krankenschwester kam schließlich wieder herein, ich unterschrieb die Papiere, zog mich an, während Lincoln draußen im Flur wartete, dann half er mir zu seinem Wagen hinunter.

Seit meiner Entlassung hatten wir kaum zwei Worte miteinander gesprochen.

Die Spannung zwischen uns zischte wie ein Blitz, bereit zuzuschlagen.

„Da wären wir." Lincoln schloss den Truck auf, und ich kletterte hinein und schnallte mich an. Es war schon weit nach Mitternacht.

„Bist du sicher, dass du heute Abend zurückfahren kannst? Vielleicht sollten wir uns ein Hotelzimmer nehmen?" schlug ich vor. Ich hatte nichts zum Umziehen dabei, aber wenigstens würde er nicht hinter dem Steuer einschlafen.

Lincoln schloss meine Tür und ging zur Fahrerseite. Er kletterte in den Truck. „Ich schlafe heute lieber in meinem eigenen Bett."

Er startete den Truck.

„Okay."

Im Fahrzeug herrschte wieder Stille, als er den Krankenhausparkplatz verließ und in Richtung Breckenridge fuhr.

Ich starrte aus dem Seitenfenster. Ich hätte müde sein sollen, aber ich war es nicht. Ich fühlte mich so wach wie schon seit Langem nicht mehr.

Vielleicht war es das Adrenalin, oder vielleicht etwas anderes? Womit hatte man mich betäubt? Wer hatte mich betäubt, Enzo oder Zan? War das wichtig?

Ich hasste die Stille.

Dadurch fühlte ich mich noch unbehaglicher. Ich warf einen Blick auf Lincoln, der auf die Straße starrte und mit beiden Händen fest das Lenkrad umklammerte. War er sauer auf mich?

„Reden wir jetzt darüber, dass du verheiratet bist?", fragte Lincoln. „Oder dass dein Mann die italienische Mafia leitet?"

Ich leckte mir über die Lippen. Du kennst doch den Spruch: „Was in Vegas passiert, bleibt in Vegas", und „Heiraten bleibt nicht in Vegas".

„Soll das witzig sein?", schoss Lincoln.

Ich zuckte mit den Schultern. „Ich glaube nicht. Ich habe ihn in Vegas kennengelernt. Wir haben zusammen getanzt, uns betrunken und sind in einer Hochzeitskapelle gelandet, wo wir einander geheiratet haben. Ich erinnere mich nicht wirklich an viel, nur daran, dass ich am nächsten Tag mit einem schlimmen Kater aufgewacht bin und einen Diamanten an meinem Ringfinger hatte. Ich schlich mich raus, schwor mir, die Sache zu vergessen und weiterzumachen. An dem Morgen wusste ich nicht einmal seinen Namen."

„Sie haben dich ihn heiraten lassen, während du betrunken warst?" schimpfte Lincoln. „Brauchst du nicht eine Heiratserlaubnis, die du bei einem Gericht bekommst, bevor du in die Kapelle gehst?"

Ich zuckte mit den Schultern. „Ja, aber einer seiner Kumpel arbeitete im Gericht. Er hat so getan, als würde er uns einen Gefallen tun."

„Vielleicht tat er Enzo einen Gefallen. Dir hat er sicher keinen Gefallen getan." Lincolns Griff um das Lenkrad wurde noch fester.

Ich wollte nicht mit Enzo verheiratet sein. Konnte Lincoln das nicht sehen? „Ich habe einen Anwalt angerufen, um herauszufinden, ob die Ehe rechtskräftig ist. Da ich zum Zeitpunkt der Eheschließung betrunken war, kann ich die Ehe annullieren lassen, wenn Enzo dazu bereit ist, mit der

Begründung, dass ich nicht in der Lage war, zuzustimmen oder zu verstehen, was ich tat. Wenn nicht, müssen wir uns rechtlich scheiden lassen. Ich hatte seit Vegas nicht mehr mit ihm gesprochen. Ich kannte nicht einmal seinen Namen, bis mir eine Kopie der Heiratsurkunde geschickt wurde."

„Ich besorge dir die Scheidung, wenn es das ist, was du willst", sagte Lincoln.

„Das ist es wirklich." Ich wollte nichts mit Enzo zu tun haben, weder jetzt noch in Zukunft. Ich wollte, dass alle Bande zwischen uns gekappt werden. „Es tut mir leid, dass ich es dir nicht gesagt habe. Es ist etwas, worüber ich nie spreche.

KAPITEL EINUNDDREISSIG

ARIELLA

Zusammengerollt in Jaxsons Armen, und in seinem Bett, fiel es mir schwer zu schlafen.

„Du bist noch wach?" flüsterte Jaxson, seine Augen waren offen und das Licht der nahen Uhr spendete einen Hauch von Licht in dem dunklen Schlafzimmer.

„Ja", sagte ich und seufzte. Wie sollte ich nach den heutigen Ereignissen nur schlafen können? Zum Glück war Harper gefunden worden, aber ich fühlte mich nicht besser, als sie von einem Mafiagangster entführt und weggeschleppt wurde.

Kleinstädte sollten doch sicher sein.

Jaxson griff nach seinem Handy und warf einen kurzen Blick auf den Bildschirm. „Lincoln hat geschrieben, dass sie auf dem Rückweg vom Krankenhaus sind."

Ich atmete schwer und erleichtert aus. „Geht es ihr gut?"

„Ich glaube schon", sagte Jaxson.

Stille erfüllte den Raum. Sein warmer Griff umfasste wieder meine Taille und schmiegte mich an ihn. Er roch wundervoll und mein Körper entspannte sich an ihm, aber mein Verstand wollte nicht zur Ruhe kommen.

„Hazel weiß von uns", sagte ich.

„Das ist keine Überraschung. Lincoln hat uns beim Knutschen im Krankenhaus gesehen", erinnerte mich Jaxson.

„Ist es für dich in Ordnung, dass die Leute von uns wissen?" Warum haben wir unsere Beziehung weiterhin verheimlicht? Allmählich hatten unsere Freunde und Kollegen herausgefunden, was wir taten: Wir schlichen zusammen herum.

Wir waren zwei erwachsene Menschen. Glückliche Erwachsene. Warum mussten wir das noch länger verbergen?

Er zog mich fester an sich und rollte uns herum, sodass ich auf ihm lag. Seine Hände glitten unter meinen Pyjama und er begann, meinen Rücken mit sanften, beruhigenden Bewegungen zu streicheln.

„Ich glaube, inzwischen weiß es jeder", murmelte Jaxson lachend. „Es zu verstecken, scheint sinnlos zu sein."

Ich drehte uns wieder um und brachte ihn dazu, sich über mich zu legen und mich festzuhalten. Ich mochte es, wenn er oben war und das Kommando übernahm, besonders im Schlafzimmer. Ich ließ meine Finger über den Rand seiner Boxershorts tanzen.

„Was ist mit Skylar und Izzie?", fragte ich und drückte ihn fest an mich. Ich wollte nicht, dass er sich zurückzieht.

„Skylar ist eine erwachsene Frau. Sie hat gehört, dass wir Sex haben", sagte Jaxson lachend. „Es wäre dumm, es weiterhin vor ihr zu verbergen. Außerdem ist sie fast nie da. Bei Izzie bin ich immer vorsichtig, aber wir sind keine Freunde mit gewissen Extras. Ich liebe dich."

„Ich liebe dich auch", flüsterte ich. „Offen gesagt, habe ich mir Sorgen gemacht. Ich weiß, du wolltest, dass ich den Therapeuten anrufe, aber ich kann es einfach nicht tun. Ich hasse es, mich Fremden gegenüber zu öffnen. Es ist schon schwer genug für mich, mit dir über meine Gefühle zu reden. Ich mache mir ständig Sorgen, dass sie mir sagen werden, ich solle ausziehen, dass es ungesund ist, mit meinem Chef zusammenzuleben und unsere Beziehung zu verheimlichen."

„Was?" Jaxson runzelte die Stirn. „Ich will nicht, dass du gehst, Ariella. Falls ich mich nicht klar ausgedrückt habe: Das hier ist dein Zuhause, mit Izzie und mir. Ich hoffe, du fühlst dich bei uns nicht unwillkommen."

„Nein, natürlich nicht. Ihr wart wunderbar. Es ist nur so, dass ich in einem anderen Zimmer schlafe und wir unsere Beziehung verstecken. Dadurch fühle ich mich schmutzig."

„Ich will nicht, dass du dich so fühlst, niemals. Von jetzt an schläfst du mit mir hier drin", sagte Jaxson. „Ich mag es, dich in meinem Bett zu haben und zu wissen, dass du sicher bist."

„Das gefällt mir auch."

KAPITEL ZWEIUNDDREISSIG

LINCOLN

Ich hatte Harper nach dem Krankenhaus nicht zurück in ihr Hotelzimmer gebracht. Ich wollte sie nicht allein lassen.

Sie hatte recht, ich war ihr Bodyguard und ich war für sie verantwortlich. Ich hatte sie zu mir nach Hause gebracht, sie in meinem Bett schlafen lassen und über das Sofa nachgedacht, das zu klein gewesen wäre, als sie mich zu sich ließ.

Am nächsten Morgen schaute ich früh auf mein Handy. Jaxson hatte geschrieben, dass das Studio die Dreharbeiten abgesagt hatte. Ich wusste nicht, was das für Harpers Karriere bedeutete und ob sie sauer oder erfreut über die Nachricht sein würde.

„Morgen", flüsterte sie. Ihre Augenlider flatterten auf, als sie auf der Seite lag und mich anstarrte.

„Heute gibt es keine Arbeit, für keinen von uns. Es sieht so aus, als hätte das Studio die Produktion gestoppt." Obwohl ich noch ein paar Dinge erledigen wollte, musste ich keine Sicherheitsvorkehrungen am Set treffen, was ein Vorteil war, wenn man bedenkt, wie spät wir gestern Abend in meiner Wohnung angekommen waren.

Harper rollte sich auf den Rücken und starrte an die Decke. „Gut. Ich hätte die Rolle nicht annehmen sollen, wenn ich gewusst hätte, dass ich für dieses Arschloch von einem Regisseur arbeiten muss."

„Wenn du das nicht getan hättest, wären wir uns nie begegnet." Ich bezweifelte, dass sie von allein den Weg nach Breckenridge gefunden hätte.

„Stimmt."

Ich rieb mir den Schlaf aus den Augen und kletterte aus dem Bett. „Die Arbeiter werden bald hier sein, um unten im Restaurant zu arbeiten." Bei dem ganzen Gepolter würde es keine Chance auf Schlaf geben.

„Was ist mit deinem Restaurant passiert? Hast du jemanden verärgert? Sind das echte Einschusslöcher?" fragte Harper.

„Leider sind sie so echt, wie sie nur sein können. Ich wollte heute Nachmittag bei Eagle Tactical vorbeischauen und herausfinden, ob es etwas Neues über Enzo gibt und ob er wegen Mordes oder deiner Entführung angeklagt wird."

Harper blieb still. Hätte ich es nicht erwähnen sollen?

Sie setzte sich im Bett auf, die Decken um ihre Taille gewickelt, ihre Kleidung von gestern hatte sie noch an. „Ich sollte zurück ins Hotel gehen, duschen und mich umziehen."

„Ich werde dich fahren. Macht es dir etwas aus, wenn ich schnell unter die Dusche hüpfe?"

„Nur, wenn ich mitkommen darf", flüsterte sie.

Ich beugte mich vor, um ihre Lippen mit meinen zu umschließen und ihr zu zeigen, dass ich sie wollte. Ich hatte nicht aufgehört, sie zu begehren, seit wir uns zum ersten Mal gesehen hatten. Meine Hand ergriff ihre, zog sie auf die Füße und führte sie ins Bad.

Im Bad knipste ich das Licht an und stellte die Dusche ein. Schnell zog ich mich aus, und ließ meine Kleidung auf den Boden fallen.

Harper zögerte, aber ihre Augen wanderten über meinen Körper und nahmen alles in sich auf. Sie kaute auf ihrer Unterlippe.

Hat ihr gefallen, was sie gesehen hat? Konnte sie nicht aufhören, mich anzustarren? Es war ein gutes Gefühl, begehrt zu werden. Ich musste sie dazu bringen, sich so zu fühlen, wie ich mich durch sie fühlte.

„Soll ich dir helfen?", bot ich an und verringerte den Abstand zwischen uns, meine Hände auf ihren Hüften. Meine Finger strichen über ihre Seiten und ihren Bauch, während ich den Stoff hochzog.

Harper nahm ihre Arme hoch. Ich führte ihr Hemd sanft nach oben und über ihren Kopf. Meine Finger griffen an das BH-Band, lösten den Verschluss im Rücken und ließen die Träger über ihre Schultern hinunter gleiten.

Ihre Lippen sahen warm und einladend aus. Ich lehnte mich zu ihr, küsste sie und schmeckte sie, während meine Finger sich an ihrer Hose zu schaffen machten und sie zusammen mit ihrem Höschen nach unten schoben.

Ich schlang meine Arme um sie, und zog sie unter die Brause der Dusche, die Hitze streichelte unsere Haut.

Ihre Hände erkundeten meinen Rücken und wanderten hinunter zu meinem Hintern. Sie gab ihm einen festen Klaps.

Ich zog eine Augenbraue hoch und starrte auf sie herab. „Hast du mir gerade den Hintern versohlt?"

Sie lachte, nickte und grinste breit, als sie es wieder tat.

Ich packte ihr Handgelenk und drückte sie gegen die Duschfliesen. Ihre Brustwarzen verhärteten sich und mein Mund fiel auf ihren, als ich eine Hand zwischen uns schob und sie berührte.

Sie stöhnte und keuchte vor Vergnügen, als ich ihre Falten teilte und über ihre Nässe tastete. Ich streichelte ihre Perle, ihr Körper erbebte und ihr Atem wurde immer heftiger.

Ihre Hand griff zwischen uns hinunter, neckte meine Länge, spielte mit der Spitze und brachte meine Hüften zum Stoßen. Oh Gott, sie hat mich umgebracht.

Ich schloss die Lücke zwischen uns und neckte ihren Eingang, während die Hitze der Dusche das Badezimmer aufheizte. Der Raum fühlte sich warm an, schwül, aber das war mir egal. Ihre Wangen waren gerötet und eine Röte breitete sich auf ihrer Brust aus.

Schnell drang ich in sie ein, stieß tiefer und härter und hörte ihr leises Flehen in meinem Ohr.

„Mehr." Sie schlang ihre Beine um mich und zog mich näher zu sich.

Ich tat, was sie mir sagte, und vergrub jeden Zentimeter in ihr, bis sie und ich eins waren.

Harpers Kopf kippte nach hinten, und ihr Stöhnen wurde lauter und eindringlicher vor Verlangen. Ich hielt sie fest an mich gedrückt. Eine Hand schlängelte sich zwischen uns, um sie an den Rand des Wahnsinns zu bringen.

Sie klang so, als wäre sie kurz davor.

Harper verkrampfte sich bei jedem Stoß.

Sie fühlte sich nah.

Ich kämpfte darum, sie festzuhalten.

„Bitte", keuchte Harper, ihre Augen fielen zu und ihre Fingernägel krallten sich in meine Schulter und markierten mich. Ich gehörte ihr.

Ich zog mich zurück und hörte, wie sie protestierend wimmerte. Ich schaltete die Dusche ab. So viel zum Sauber werden.

„Warum hast du aufgehört?" Sie atmete rasselnd. Sie war kurz davor, und ich zog mich zurück, um sie zu reizen.

„Weil du mehr verdient hast als einen Duschfick", flüsterte ich ihr ins Ohr und knabberte an ihrer Haut.

Sie schnurrte unter meiner Berührung. Ich trug sie aus der Dusche zurück zum Bett.

„Ich schwöre dir, wenn du mich nicht ausreden lässt, muss ich dich an den Bettpfosten fesseln und mit dir machen, was ich will", sagte Harper.

Ein Grinsen umspielte meine Lippen. „Ist das so? Das hört sich gar nicht so schlecht an." Ich führte sie hinunter auf die Matratze. Mein Körper schwebte über ihrem und reizte ihren Eingang.

„Du bist ein verdammter Plagegeist", stöhnte Harper. Sie griff nach mir und zwang mich, jeden zusammenhängenden Gedanken zu verlieren, als ich in sie eindrang.

Ein breites Lächeln zeichnete sich auf ihrem Gesicht ab, zufrieden mit ihrer Arbeit.

Jeder Stoß wurde tiefer, intensiver und erfüllender, je näher ich kam.

Ich wollte nicht, dass dieser Moment endete. Wenn die Dreharbeiten beendet waren, würde Harper dann gehen?

Ich wollte sie überzeugen, für mich hierzubleiben.

Meine Finger glitten hinunter und neckten ihre Perle. Ihre Hände umklammerten das Bettlaken und ihr Rücken wölbte sich von der Matratze.

Ihr Stöhnen wurde immer lauter, einer ausgeprägter und erotischer als das andere. Sie schnappte nach Luft, ihre Eingeweide zogen sich an mir zusammen und brachten mich mit ihr in die Vergessenheit.

Sie erschauderte und ließ mich los, keuchte schwer und rang nach Luft.

Ich verstand es vollkommen.

Nach ein paar weiteren Stößen war ich bei ihr, ertrank in ihrer Wärme und atmete mit ihr gemeinsam.

Mein Herz pochte, und es war das einzige Geräusch, das meine Ohren erfüllte, vermischt mit unserem Atem. Langsam zog ich mich zurück und rollte mich auf den Rücken.

Heiß und verschwitzt, könnte ich eine weitere Dusche gebrauchen.

KAPITEL DREIUNDDREISSIG

HARPER

Ich packte meine Koffer im Motel. Draußen wartete der Mietwagen auf mich. Es war Zeit, nach Los Angeles zurückzukehren.

Es klopfte scharf und laut an der Tür.

„Nur eine Sekunde!" rief ich. Ich schloss meine Tasche und eilte zur Tür. Ich warf einen Blick durch das Guckloch, bevor ich Lincoln auf der anderen Seite sah.

„Hey", sagte er und begrüßte mich mit einem verschmitzten Grinsen.

Auch ich konnte mir das Lächeln nicht verkneifen. An diesem Morgen hatten wir eine gute halbe Stunde unter der Dusche verbracht, nicht im Geringsten versucht sauber zu werden und uns dann eine ganze

Weile in den Laken verheddert. Ich hätte ewig mit dem Mann im Bett bleiben können, aber das war nicht realistisch.

Ich musste nach Hause zurückkehren. Der Filmdreh wurde abgesagt. Der Regisseur hatte gekündigt, und nach der öffentlichen Nachricht von meiner Entführung hatte das Studio die Produktion auf unbestimmte Zeit gestoppt.

Wenigstens gab das Studio mir nicht die Schuld, aber sie meinten, dass ich Zeit brauchte, um mich zu erholen.

„Bist du gekommen, um dich zu verabschieden?", fragte ich.

In seinen Händen hielt er einen Aktenordner. „Während du ins Hotel zurückkamst, um zu packen, habe ich es auf mich genommen, ein oder zwei Worte mit Enzo zu wechseln.

Mein Magen machte einen Salto. „Das hast du." Was hatte das zu bedeuten?

Er betrat mein Hotelzimmer und ging an den Schreibtisch. „Enzo wird für immer aus deinem Leben verschwinden. Du musst nur noch die Papiere unterschreiben." Er zog die Seiten heraus und legte sie auf den Tisch, damit ich sie sehen konnte.

„Was ist das?" Ich zögerte, bevor ich nach vorn trat, weil ich den Inhalt lesen wollte. Es war so dick wie ein Buch.

„Scheidungspapiere. Du und Enzo, ihr könnt getrennte Wege gehen."

Was hatte er vor? Ich überflog die Papiere und las so schnell ich konnte. „Hat Enzo dem zugestimmt?", fragte ich.

Ich starrte die Seiten an. Ich war kein Anwalt, aber es sah solide und für beide Parteien akzeptabel aus. Ich würde nichts von Enzo's Vermögen bekommen, und er nichts von meinem. Ich würde diese Bedingungen akzeptieren. Ich hatte ihn nicht wegen seines Reichtums geheiratet, und ich wollte ihm ganz sicher nichts von mir überlassen.

Seite für Seite blätterte ich durch den langen, aber annehmbaren Vertrag.

„Wie hast du das gemacht?", fragte ich, als ich den Stift vom Schreibtisch nahm und meine Unterschrift kritzelte.

„Ich habe heute Morgen ein paar Worte mit Enzo gewechselt. Er hatte die Papiere bereits aufgesetzt. Es war genauso seine Idee wie meine."

Das hat mich überrascht. „Brauchen wir einen Zeugen?"

„Nein, aber ihr müsst vor dem Bezirksrichter erscheinen. Sobald ihr bereit seid, könnt ihr das in jedem Bezirk oder Staat gemeinsam tun."

Ich stöhnte. Bei dem Gedanken, Enzo wiederzusehen, musste ich kotzen.

„Ich werde die ganze Zeit bei dir sein", sagte Lincoln. „Ariella und Hazel haben angeboten, auch zu kommen. Sie wollen eine Scheidungsparty für dich schmeißen."

„Okay, aber wir werden keine Pizza bestellen. Das letzte Mal, als wir das gemacht haben, ist Zan aufgetaucht." Mir war zwar klar, dass es keinen Zusammenhang zwischen dem Pizzalieferservice und der Mafia gab, aber ich konnte diese Assoziation noch nicht überwinden.

„Du bleibst also noch ein wenig?", fragte Lincoln und seine Augen waren voller Hoffnung. „Ein paar Tage länger?" Wollte er, dass ich auf unbestimmte Zeit bleibe?

„Ja, das kann ich machen, noch ein paar Tage. Wenn du wirklich so traurig bist, dass ich gehe, könntest du mit mir nach Los Angeles kommen."

Lincoln lächelte mit zusammengekniffenen Augen. „Los Angeles ist so..."

„Sonnig?"

„Ich wollte sagen: smogig. Liebst du die freie Natur nicht auch? Die Ruhe und die Schönheit der Natur. Du kannst nicht auf dem Fluss raften und dabei solch eine Aussicht haben wie wir in Los Angeles."

Wollte er mich zum Bleiben überreden? So schwer war das nicht. Ich liebte es hier oben. Der Gedanke, nach Hause zu gehen, machte mich nicht wirklich glücklich.

„Nein, ich denke, das kannst du nicht", sagte ich und schaute auf die Tasche auf dem Bett. „Aber die Strände, das musst du zugeben, sind ein Vorteil, trotz des Smogs."

Er lachte leise vor sich hin. „Vielleicht sollte ich etwas direkter sein. Bleib für mich", sagte Lincoln und zog mich in seine Umarmung.

Ich schlang meine Arme um seinen Hals und neigte mein Gesicht nach oben, sodass meine Lippen seine streichelten. „Wirst du nicht müde von mir?"

„Ich glaube nicht, dass das möglich ist." Er lockerte nicht einmal seinen Griff um mich, sondern schlang seine Arme um meinen unteren Rücken.

„Willst du, dass ich bei dir einziehe?"

Ein Grinsen breitete sich auf Lincolns Gesicht aus. „Ich schwöre, wenn du mich auf den Arm nimmst, halte ich das nicht aus."

Meine Lippen pressten sich auf seine. „Siehst du mich lachen?" Ich würde nach Los Angeles zurückkehren müssen, und sei es nur, um ein paar meiner Sachen zurückzubringen.

EPILOG

JAXSON

Das Leben fühlte sich fast zu gut an. Ich wartete darauf, dass der Ball fallen würde. Harper war wohlbehalten aus dem Krankenhaus nach Hause gekommen. Mason war aus der medizinischen Versorgung entlassen worden und war wieder ganz der Alte.

Ben war da draußen und wartete darauf, zuzuschlagen. Es war noch nicht vorbei. Würde es das jemals sein?

Wir hatten ihn noch nicht wiedergesehen, aber das würden wir. Es war nur eine Frage der Zeit.

Das Team von Eagle Tactical war mit seinen Freundinnen zu einem Grillfest gekommen. Wir haben uns geschworen, mehr Zeit miteinander zu verbringen und Spaß zu haben. Wir hatten es uns verdient.

Ich saß auf der Veranda meines Hauses und genoss die Aussicht auf die Berge, die immer schön ist.

Izzie jagte Schmetterlinge auf der Wiese neben dem Garten, wo Ariella und Harper damit beschäftigt waren, Blumen zu pflanzen.

Harper's Hand ruhte auf ihrem hochschwangeren Bauch. Sie und Lincoln erwarteten ihr erstes Kind, und Izzie war wahrscheinlich genauso aufgeregt, wie sie und freute sich auf einen neuen Spielkameraden.

Bear ließ sich schwanzwedelnd neben mir auf die Holzterrasse plumpsen und badete in der Nachmittagssonne.

„Sieh dir das an", sagte Hazel und zeigte mir ihren Social Media Account. Es gab Dutzende Fotos, aber sie scrollte zu einem ganz bestimmten. „Skylar hat einen Freund."

„Ach ja? Lass mich mal sehen."

Ich hatte Skylar kaum gesehen. Sie hatte lange gearbeitet und war die meisten Nächte feiern gegangen.

Hazel reichte mir ihr Handy. Ich ließ das Gerät fast fallen, als das Bild, das mich anstarrte, mich innerlich zerriss. Jayden hatte seinen Arm um Skylar gelegt, beide grinsten breit.

Ich klickte auf Skylars Account und scrollte durch ein paar Fotos, bis ich auf einem landete, das mir den Magen auf den Boden fallen ließ. Sie hielt ihre linke Hand hoch und zeigte mir einen auffälligen Diamanten an ihrem Ringfinger.

„Wann zum Teufel hat sie sich verlobt?"

———

Danke, dass du Versteckt: Lincoln gelesen hast. Setze das Abenteuer im letzten Buch der Eagle Tactical-Serie mit VERBORGEN: JAYDEN fort!

Jayden war nicht der Bösewicht, nur der böse Junge, und ich habe mich in ihn verliebt, und zwar heftig.

Jayden

Meine Nichte ist seit Monaten verschwunden und ich habe jede wache Stunde damit verbracht, sie zu finden. Ich brauche eine Partnerin, eine Insiderin, die mir hilft, Intelligenz zu sammeln.

Skylar ist süß, schnippisch und Jaxsons jüngere Schwester. Sie ist absolut tabu und wenn mein ehemaliger Militärbruder herausfindet, dass ich sie heimlich angeheuert habe, wird er mich umbringen.

Skylar

Da ich dringend Geld brauche, stimme ich einem Undercover-Einsatz mit Jayden Scott zu. Für zwei Riesen pro Woche muss ich seine falsche Verlobte sein. Der Job geht aber noch weiter: Ich soll mich in das Haus seines Chefs schleichen und alles über den Aufenthaltsort seiner Nichte herausfinden.

Der Plan geht schnell schief und ich bekomme ein Ultimatum gestellt: Entführe bis Mitternacht drei Mädchen oder werde versteigert.

Jetzt mit einem Klick VERBORGEN: JAYDEN!

Und melde dich für meinen Newsletter an, um über neue Bücher, Giveaways und Gratisgeschenke informiert zu werden: www.authorwillowfox.com/subscribe

Ich freue mich, wenn du mir hilfst, das Buch zu verbreiten, indem du es einem Freund erzählst. Rezensionen helfen Lesern, Bücher zu finden! Bitte hinterlasse eine Rezension auf deiner Lieblingsbuchseite.

WERBEGESCHENKE, KOSTENLOSE BÜCHER UND MEHR GOODIES

Ich hoffe, dass dir Versteckt: Lincoln gefallen hat und du die Reise mit Jaxson, Ariella und dem Team von Eagle Tactical fortsetzen wirst.

Dies ist zwar meine erste Serie als Willow Fox, aber ich veröffentliche schon seit 2013 professionell.

Melde dich für meinen Willow Fox Newsletter an

Wenn dir Versteckt: Lincoln gefallen hat, nimm dir bitte einen Moment Zeit, um eine Rezension zu hinterlassen. Rezensionen helfen anderen Lesern, meine Bücher zu entdecken.

Du weißt nicht, was du schreiben sollst? Das ist nicht schlimm. Er muss nicht lang sein. Du kannst erzählen, wie du auf mein Buch gestoßen bist; war es eine

Empfehlung von einem Freund oder einem Buchclub? Lass die Leserinnen und Leser wissen, wer deine Lieblingsfigur ist oder was du gerne als nächstes sehen würdest. Liest du normalerweise HEA? Wie denkst du über das HFN? (Ich hoffe, du bist zufrieden, aber ich verspreche, dass ich am Ende der Reihe ein HEA liefern werde!)

Danke, dass du gelesen hast! Ich hoffe, du trägst dich in meine Mailingliste ein, damit ich dich über kostenlose Bücher, Sonderaktionen, Werbegeschenke und Neuerscheinungen informieren kann.

ÜBER DEN AUTOR

Willow Fox schreibt schon seit ihrer Highschoolzeit (vor vielen Jahren) gerne. Ihre Kleinstadtromane spiegeln das Leben in einer Kleinstadt im ländlichen Amerika wider.

Egal, ob sie Liebesromane schreibt oder draußen am Lagerfeuer sitzt und ein gutes Buch liest, Willow liebt die Magie des geschriebenen Wortes.

Sie träumt davon, von den Füßen gerissen zu werden und hofft, dass sie das auch bei ihren Lesern erreichen kann!

Besuche ihre Website unter:

https://authorwillowfox.com

AUCH VON WILLOW FOX

Gebrüder Bratva

Brutaler Boss

Böser Boss

Besitzergreifender Boss

Zwanghafter Boss